「大翔～こっち～こっち来て～」
「大翔、がんばれ、大翔～」
Illustration : Haru Suzukur

セシル文庫

人気俳優と秘密のベイビー

〜シッターは花嫁修行!?〜

柚槙ゆみ

イラストレーション／鈴倉 温

◆目次

この作品はフィクションです。
実在の人物・団体・事件などに
一切関係ありません。

人気俳優と秘密のベイビー

〜シッターは花嫁修行!?〜

第一章　シークレットベイビー

「もしもし伯母さん？　お久しぶりです」

自室で履歴書を書いていた長尾和真《ながおかずま》は、すぐ脇に置いてあったスマホを耳に当てる。やわらかな声で挨拶をしながら、口元に笑みを浮かべた。

年に数えるほどしか連絡を取らない母方の伯母、片桐万里《かたぎりまり》からの電話だ。

『元気にしてた？　急に電話してごめんね。和真くん今、仕事を探してるって美弥子《みやこ》から聞いたんだけど、まだ決まってない？』

「あ～難航《なんこう》していますね。母さん、伯母さんにまで僕の仕事のこと話したんですか？　全く……」

『美弥子も和真くんを心配してるのよ』

「そうですけど……まあ、今もちょうど履歴書を書いてるところでした」

誰が見てるわけでもないのに、和真は人のよさそうな童顔を恥ずかしそうにヘラッと微笑み、左手で頭を掻く。

将来は絵本作家になりたいと、漠然と夢を追いかけて美大に入ったが、芽が出ることはなかった。

そして無事に大学を卒業できたのはよかったが、見事に就職浪人をしているのだ。別段、就職活動をサボっていたわけではない。人並み以上に頑張っていたはずなのだが、どこも内定をもらえなかった。

(倍率がそう高くなかったとこも、結局、落とされちゃったんだよなぁ)

伯母に仕事の件を聞かれ、就職活動に精を出していた数カ月前の光景が脳裏を過った。

『ちょっと、和真くん。聞いてる?』

「あ、はい、聞いてます」

少しぼんやりしてしまった和真は、伯母の声に思わず背筋を伸ばした。

『あのね、急ぎで仕事をお願いしたいのよ』

「仕事、ですか?」

今の和真にはありがたい話だった。実家暮らしでバイトもしないでいる現状は非常に肩身が狭かった。

共働きで生真面目《きまじめ》な両親なだけに、就職浪人をしている現状をひどく心配していたのだ。

五歳年上で二十八歳の姉は、早々に結婚して実家のすぐ近くにマイホームまで建てた。そしてあっという間に子供ができて、甥っ子は今年で一歳を迎える。親孝行の鏡である。

(姉さんは玉の輿《こし》だったんだよなぁ)

自分が女性だったらよかったのに、などと姉の結婚を目《ま》の当たりにして不謹慎なことを考えたりもした。

『あなた恵子《けいこ》ちゃんの息子……尚人《なおと》くんだったかしら。今でも面倒を見てるんですって？』

「見てますよ。仕事してないからって、ほとんど毎日実家にきては、尚《なお》くんを預けて行きますよ。でも育児疲れでヘロヘロな姉さんを見てたら、手伝いたくなりますけど」

『確か……そろそろ一歳よね』

「はい、今月が誕生日なので一歳ですね」

伯母との不思議な会話に小首を傾げた。仕事を頼みたいというので仕事の話をするのかと思いきや、姉の息子、尚人の話題を持ち出されきょとんとする。

『そう、じゃあ大丈夫かしら……』

電話中だというのにひとり言のように伯母が呟く。

『今から大至急うちの事務所に来られる？　タクシーで来ちゃってもいいから』

「え？　今からですか？」

『そう。すごく重要な案件で、親族以外に任せたくないのよ。和真くんは適任だと思うから、頼みたいわ』

「あの、どんな仕事ですか？」

親族以外に任せられないような重要な案件、なんて言葉を聞くと妙に不安になってくる。しかも伯母は仕事の内容を明確に言おうとしないのも、和真の不審感を煽った。

和真は手元の履歴書を裏返し、伯母の言う住所のメモを取る。あとになってまた履歴書を書き直さなくてはだめだと気付いたが、もう遅かった。

「あの、じゃあ……今から向かいますけど。僕にできる仕事ってなんですか？」

『あなたにしかできない仕事だと思うから。よろしく』

和真が尋ねても、明確に言わない伯母にモヤモヤしながら電話を切られてしまった。

ふう、とため息を吐いた和真は、とりあえず外出の準備を始める。母には、伯母のところへ用事で出向く、とメールで連絡を入れた。

東京郊外の実家から伯母に教えてもらった住所まで、かなりの距離がある。なのにタクシーでいいなんて、よほど急いでいるのだろうと思い、和真は身支度を整えて急いで家を出た。

和真の伯母は、片桐芸能プロダクションの社長をしている。所属している俳優はそう多くはないのだが、今、実力派俳優として人気を博している嵩美《たかみ》裕也《ゆうや》が在籍していた。

彼は二十七歳にして、人気俳優の名を全国に知らしめている有名な俳優だ。三歳から子役で活躍し、母親は夢野《ゆめの》レイナ、父親は嵩美《たかみ》浩太郎《こうたろう》。どちらも俳優としての名声を築いている。

父の浩太郎は、厚みのある演技を得意とし、風格のある役柄ならなにをおいても嵩美浩太郎だと言われるほどの大物俳優だ。

母レイナはイタリア系のハーフで、豊かな表現力とキレのよさが評判である。彼女独特の空気感を上手く使いこなし、国内外で活躍していた。その二人の間に生まれたのが嵩美裕也である。

眉目秀麗《びもくしゅうれい》なのはもとより、子供の頃から演技に関しての教育を受けてきた彼は、他の何者をも寄せ付けないオーラと、それに見合った実力を兼ね備えていた。現在、人気の頂点にいる俳優である。

去年の第二十九回徳宮《とくみや》映画賞では主演男優賞、第二十回ソラウミ映画祭でも主演男優賞を受賞、そして第二十八回浜松映画祭では最優秀主演男優賞に選ばれた。他にも数々の賞を総なめにし、嵩美裕也の名は全国に知れ渡ることとなった。

そんな彼を和真が知ったのは中学の頃だ。テレビで放送されていた刑事ドラマを見たのがきっかけでファンになった。

　クールな役やシリアスな物語の主演を務めることが多く、そのあまりにも格好いい姿にひと目惚れをした。そして彼の演技は画面のこちら側にいる和真を震えさせた。体が熱くなって胸の奥から熱が湧き出るような感覚を味わったのは初めてだった。あの日が離せなくなった瞬間を今でも覚えている。

　自分とは全く別の世界に生きる彼を、本当に実在する人間でないような気さえしていた。しかし伯母の事務所へ裕也が移籍し、一気に嵩美裕也が身近になった。だが多忙を極《きわ》める売れっ子俳優なので、身内とはいえそう簡単に会えるわけではなかった。

　和真はタクシーの中で心なしか緊張しているのに気付く。事務所へ行くからといって裕也に会えるはずもないのだが、心のどこかで期待してしまう。

（期待したって会えないのに）

　タクシーがトンネルに入る。ガラスが鏡のようになって和真の顔を映した。癖毛《くせげ》でセンター分けの黒髪は、耳が隠れるくらいまで伸びている。二十三歳だが見た目は高校生といっても疑う人はいないだろう。それは幼《おさな》さが余計に際立《きわだ》つ大きな黒い瞳が、いつも濡れたように見えるからだろうか。そんな自分の顔は好きではなかった。

（僕も裕也さんみたいに、格好よく生まれたかったな）

望んでも叶わない願いを何度口にしたことだろう。だからこそ、裕也を崇拝《すうはい》する気持ちが年々膨らんでいくのだ。和真にとっては神様のような存在だった。

画面の向こう、作品の中で役になりきる。役が憑依《ひょうい》するかのような演技は最高に和真をぞくぞくさせた。本当は映画やドラマ以外の、もっと素の裕也が見られるような番組に出て欲しいとも思う。けれどそうしたら、さらに彼を好きになってしまって、収拾が付かなくなるかもしれないと考えたりもした。そのくらい裕也に心酔《しんすい》しているのだが、まだ一度も生《なま》で拝《おが》んだ経験はない。

（追っかけとかできればいいけど、迷惑かもって思うとできないよな）

同じ嵩美ファンと交流したいと思い、そういうサイトにアクセスしたことがある。しかし自分とは熱の入れようやファンとしてのあり方、好きの度合いが合わず誰とも繋がれなかった。結局、今も昔も変わらずに、ずっとそっと好きなのだ。

タクシーが都内の七階建てビルの前に到着する。運転手が着いた旨を知らせてくれて、和真は最後の福沢諭吉《ふくざわゆきち》を差し出し支払いを終えた。

「着いた……」

ふう、とため息を吐いてビルを見上げる。国道沿いにある七階建てのビルは、一階に様々な商業施設が並び、二階にはホットヨガなどのスタジオが入っている。その最上階が片桐芸能プロダクションだ。

　商業施設の入り口とは別の、上階専用の通用口から中へ入る。エレベーターの手前に守衛室があり、そこで名前を伝えると通してくれた。伯母がちゃんと和真のことを伝えておいてくれたらしかった。

　順調にエレベーターへ乗り込み最上階へ向かう。三階からは外が見えるような造りになっていて、和真はぼんやりと景色を眺めた。

　この事務所には裕也を知る前に一度だけ来た。事務所の場所は変わっていないだろうから、そのときの記憶を頼りにしながら廊下を進む。

（確か左の方が入り口だったよね）

　歩き出してすぐ、五メートルほど先にある扉が開く。女性が顔を出してなにかを探すように廊下を見渡している。そして和真の姿に気付いた。

「和真くん！　こっちこっち。遅かったわね」

　伯母の万里がにっこり微笑んで手を振ってくる。和真は少し駆け足で彼女の元に辿り着くと、こんにちはと挨拶した。

　もうすぐ五十歳になろうかという伯母だったが、仕事柄人前に出ることが多いためか、同年代の人よりはうんと若く見える。センター分けの髪は黒々としていて胸元まで下ろしていて、ふんわりとウェーブがかかっていた。Vネックの赤いブラウスに上下白のパンツスーツ姿だ。スタイルがいいのでそういう格好も似合うのだろう。目鼻立ちがはっきりしているので、若いときは相当美人だったのだろうと和真は思う。

「都心に入って少し渋滞していて、遅くなりました」

「いいのいいの。来てくれて本当に助かったわ。もうあなたしか適任者はいないと思って。ほら、入って入って」

慌ただしく事務所の中へ招かれた。入ってすぐガラス造りのレセプションデスクと、黒い革張りのソファが目に入る。事務所の奥は事務机がいくつか並んでおり、男女合わせて十名ほどの人が雑然とした中で仕事をしていた。

壁やホワイトボードなどには、所属俳優の出演した映画やドラマのポスターが貼ってある。中には大きな幟《のぼり》になっているものもあり、普通の会社とはまた違った雰囲気があった。

和真はそんな事務所の中を少し緊張気味に通り抜け、奥にある会議室の扉の前へと連れて来られた。そして神妙な面持ちになった万里に肩を掴まれる。

「今から中に入るわよ。驚いてもいいけど、絶対に大きな声は出さないでね」

「え、あ……はい」

変な前置きをするなぁと思いつつ返事をしたが、和真の周りの空気が張り詰める。扉がゆっくりと開かれた。会議室の長テーブルが見えて、椅子が並んでいるのが目に入る。

そして――。

「彼、長尾和真くんよ、裕也」

万里に背中を押されて二、三歩前へ歩み出た和真は、目の前に立っている人物に視線を奪われた。部屋でいつも見ていたのは平面の動かない彼だ。テレビの中で躍動的な姿に見惚れても、触れると冷たいだけだった。

だが今、嵩美裕也がそこに立っている。

呼吸が止まって、中途半端に開いた口は「あ」の形だ。瞬きも惜しいくらいに目を見開いて凝視していた。

スラリと長い足は黒のジーンズに包まれていて、ごく普通の白いシャツと黒のモッズコートを身につけている。けれど裕也が身につけると、なにか特別なブランドに見えてくるから不思議だ。

「和真くん？　あんた、息してる？」

トントンと背中を叩かれて、ハッとした。

「あ、は、は、はいっ！」

声が裏返ってしまい顔が熱くなる。万里に再び背中を押されたが、和真は思わず足を突っ張った。裕也との距離は三メートルだが、それ以上近づいてパニックにならないとも限らない。

（なんで、ここに、ゆ、ゆ、裕也が⁉）

これはどんなサプライズ？　と頭の中が真っ白でこれ以上、自分から傍に寄れない。こんなに離れているのに、裕也の甘いトワレが和真の鼻孔《びこう》に流れ込んできて、さらに興奮が膨れ上がる。

「和真くん、あなたが裕也のファンだって知ってるし、本人目の前にして緊張するのも分かるけど、とりあえず……その口は閉じましょう？」

万里に言われて、和真は思わず自分の口を両手で押さえた。目の前の裕也も和真の反応に驚いているようで、お互いに見つめ合って固まる、というおかしな光景が生まれていた。

「裕也、この子が甥っ子の和真くん。心強い助っ人よ。大翔《ひろと》の扱いも絶対上手いはず。それはさっき説明した通りよ」

「あの、伯母さん、大翔くんって……？」

和真が裕也から視線をその向こう側へ向ける。そこには四輪のベビーカーが見えた。テーブルの上にも、なにやらメルヘンな絵柄の付いたボストンバッグが置いてある。裕也しか目に入っていなかった和真は、今の状況がさらに飲み込めなくなった。

（裕也と赤ちゃん？　それでなんで、僕？）

なにをどこから聞いていいのか分からず、和真はゆっくりと背後にいる万里を見た。

「驚いちゃうわよね。いきなり裕也がいる部屋に連れて来られて、さらに赤ちゃんまでいるんだもの」

ばつが悪そうに笑った万里が、今度は裕也の向こう側にあるベビーカーを和真の前へ押してやってくる。そこには一歳になるかならないかくらいの赤ちゃんが、気持ちよさそうに眠っていた。

「え？　なんで、ええ……!?」

「和真くんに頼みたい仕事、ベビーシッターなの」

万里と赤ちゃんの顔を交互に見た和真は、あれほど大きな声を出すなと言われたのに、大声で叫びそうになった。しかしそれをいち早く察知した裕也が、長い腕を伸ばして和真の口をグッと塞いでしまう。

（――――っ!?）

そんなことをされたら余計にパニックで叫びだしそうになったが、幸い和真の声は裕也の手の平に吸い込まれた。

「静かにしてっ。ようやくさっき寝たところなんだ。君が来るまでずっと泣いてたんだよ」

超至近距離に裕也の顔がやってくる。思わず腰砕けになりそうなのを、必死に耐えた和真は、ちらっと大翔の方を視線だけで見やった。

頬と長い睫毛はまだ濡れているようで、裕也の言葉に間違いはなさそうだった。手を離すけど、静かにしてね？　と念を押された和真は、必死に頭を小刻みに上下させ頷いた。

「僕が、この子のシッターですか？」

声のトーンを落とした和真は万里にそう聞いた。仕事がもらえるのはありがたいけれど、和真が欲しいのは長期で勤められる正社員の職だ。だが和真の現状では我が儘は言えそうにない。

「そう、絶対に外には漏らせない案件なの。だから身内だけで対処したいと思ってるのよ。詳細は私が話すより、裕也から聞いた方がいいわ」

万里の視線が裕也の方へと向いた。それに釣られて和真も裕也を見上げる。

「今ここですぐに話すのは……ちょっと、どう説明したらいいのか分からないから。俺のマンションで落ち着いてからでもいいかな？」

今日、何度目のフリーズなのか分からない。和真は裕也の顔を見つめたまま、懸命に今の言葉の意味を考えていた。

(俺のマンション？　俺の？　誰の？　僕の？　いや僕は実家、だし。え？　裕也さん

の？　マ、マンション……？　なんで？　どういうことで？）

いやというほど頭の上にクエスチョンマークが飛ぶ。今度は万里と裕也から見つめられてしまう。

「和真くん。今日から裕也のマンションで住み込みのシッターをして欲しいのよ。それで姉さんたちにも内密にして欲しいのよね」

この案件が終わればうちで事務の仕事ができるように計らうから、と万里がにっこり微笑《ほほえ》んでくる。仕事は面倒見るから、という万里の言葉は右から左に流れていき、それよりも衝撃的な仕事内容に唖然としてしまう。

「え、今日、から……すぐですか？　えっ、あのっ、本当に裕也さんの、マンションで？」

万里が早々に会議室から出て行こうとするので、フラフラしながら彼女のあとを追う。もっとちゃんと説明が欲しかった。しかし扉の前で止まった万里が振り返る。

「オタオタしない。あなたが裕也のファンなのは知ってるから、こうなるのは分かってたけど、もうちょっとシャキッとなさいな」

大きな瞳を分かりやすくウインクして見せた万里は、和真の肩をポンポンと叩いて出て行ってしまった。そんなことでは和真の動揺は打ち消せないし、裕也と二人きりにされてどうしていいやら途方に暮れる。いや、正確には三人だが。

「和真くん、申し訳ないね。急に呼び出した上にシッターの仕事をしてもらうことになって」

いつもテレビや映画館で聞いている声が背後から聞こえてくる。今さら心音が急に大きくなって和真を焦らせていた。

「は、はい……あの、僕、私物とかなにもなくて。その、携帯と財布しかないんですけど」

裕也と向き合った和真だったが、彼を直視できず、ずっと自分の足元を見つめている。自分の顔が熱くなっているし、きっと真っ赤だろう。

「いいよ。生活用品は新しく揃えたらいいから」

「えっ、全部って!?」

思わず驚いて顔を上げた。やんわりと微笑む裕也は、和真が初めて見る表情を浮かべている。クールであまり笑顔を見せるような役柄をやらない彼の、自然な笑みだと思った。それがあまりにも美しいので、思わず見惚れてしまう。

（髪、前より少し明るい茶色になってる。目が、綺麗だなぁ。黄金比率っていうのかなぁ。左右対称で、やっぱり整ってる～。指先まで綺麗だ～）

ようやく裕也の細部を確認する。いや、いつもBD《ブルーレイディスク》やポスターで確認しているが、やはり現実に目の前で見るのとは違う。驚いたり見惚れたりと、和真の頭の中は大忙しだ。

そして視線が裕也の指先まで下りたとき、ついさっきあの手で口を押さえられたのを急に思い出す。触られたんだと唐突に考えて、急速に恥ずかしくなってくる。

「和真くん、分かりやすいね」

「え？」

「俺の顔を見つめて赤くなったり、ぼんやりしたり、口を押さえて急におどおどしたり。君の感情が全部伝わってくるよ」

裕也とは二十センチほど身長差があるから、和真はすぐ目の前にいる裕也をかなりの角度で見上げる。どんな角度で見ても格好いい彼にそう言われ、落ち着いてなんていられない和真だった。


その日のうちに裕也のマンションへ移動する段取りとなった。眠っている大翔を起こさないように抱いた和真とベビーカーと荷物を持つ裕也は事務所を出て、マネージャーの運転するバンでマンションへ向かう。

「あの、一応、母には伯母さんの仕事の手伝いで泊まり込むって連絡してもいいですか？そうじゃなきゃ長期で家を空《あ》けたらきっと心配すると思うので」

ベビーカーから下ろした際に大翔は少し目を覚ましたが、またすぐに眠ってしまった。今は和真の腕の中だ。小さな子供の重みを腕に感じながら、和真はひとり言のように口を開いた。

「そうですね。そうしてもらえるとありがたいです。嘘をつかせることになってしまって心苦しいのですが……」

バンを運転するのは、裕也のマネージャー剣崎徹《けんざきとおる》だ。かっちりとしたスーツ姿で一見サラリーマンに見える彼は、裕也がデビューした当時から付いているという。黒縁《くろぶち》の眼鏡をかけているが、やたらと整った面持《おもも》ちで身長も高い。昔モデルをやっていたのかも？　とそう思わせる容姿だった。

「分かりました。裕也さんのマンションに到着して落ち着いたら、私物を取りに戻りますね」

「往復させて申し訳ないね。必要な物があったら遠慮なく言って」

隣に座る裕也が、胸の前で腕を組んだ格好で申し訳なさそうに笑みを浮かべ、和真の方を振り向いた。

「あ、はい……分かりました」

身内だけにしか共有できないほど重要な案件。その原因が大翔なのだろうと和真にも分かった。そして裕也のマンションでしばらく生活をすると言われ、彼の子供であることが濃厚になる。

（裕也さんに……子供、か）

なんとなくショックだった。今までも彼の周りではいろいろなスキャンダルが流れた。大物女優や駆け出しのアイドル。海外で長期ロケの際は、ニューヨークで金髪の美女と写真を撮られ、熱愛もワールドワイドに！　なんて記事が出たのも覚えている。そのたびに和真は今度こそ裕也は結婚するのかも、と胸を痛めたのだ。

ファンとしては裕也に幸せになって欲しいと願う。けれど誰か特定の人ができると、もっと遠くに行ってしまうような気がして寂しかったのだ。

（でも子供がいるってことは、僕が知らないうちに結婚してたかもってことなのかな？それとも、結婚する相手がいて、先に子供ができちゃった？）

いろいろと勝手な憶測が頭の中を駆け巡る。隣に座る裕也の横顔はなんだか不安げに見えた。視線はスモークガラスの外へ向かっていて、遠くを見るような目には憂《うれ》いを感じる。

「……！」

その視線がフッとこちらに向けられる。やさしげに微笑まれて、それだけで心臓が飛び上がった。

「俺もできることは手伝うから、大翔との生活を助けて欲しい。本当は初めにそう言わなくちゃだめだったのに、申し訳ない」

「あ、いいえ、いいんです……僕は、子供の扱い方は姉の子供で慣れているし、今は仕事を探しているところで時間もあるし……」

それになにより、あなたが好きですから、とその言葉は胸の中で呟いた。子供の扱いが慣れているのは本当だが、もしも裕也関係の案件でなければ断っていた可能性がある。

（僕って、意外と現金だったんだな）

これで裕也と知り合いになれて、近づいて親しくなれるならと、欲が顔を出したのは言うまでもなかった。

いろいろと頭の中で妄想している間に、車はタワーマンションの地下駐車場へと入って行く。とうとう裕也の住むマンションに到着した。

（会っただけでこんなにガチガチになるのに、一緒に生活なんて……本当にできるのかな？）

腕の中で眠る大翔を見つめながら一抹《いちまつ》の不安を覚えたのだった。

彼の住まいは赤坂《あかさか》にあるタワーマンションだ。和真はこの場所にもタワーマンションにも縁がなかったので、四十階以上にしか止まらないエレベーターがあると知って驚いてしまう。

マンションのエントランスがホテルのロビーのようだったらどうしよう、なんて心配していたが、地下駐車場からわざわざ表に回って入るわけはないようだ。直接上階へ止まるエレベーターに乗った。

(そりゃそうだよね。だって裕也さんだもん)

和真なら正面から入ってもいいだろうが、裕也なら目立って仕方ないだろう。しかし裕也でなくても、地下の駐車場から入れば正面に回る必要がないとそのあと気付いた。どれだけ裕也に心酔しているのだと、密《ひそ》かに頬を赤らめた。

四十二階で降りると扉が左右に離れて二つ見える。二世帯だけしか住んでないのかと思いきや、二つとも裕也の自宅なのだという。一軒家の勝手口と玄関みたいなものかと思ったが、中に入ってその考えは改められた。

想像以上に広かったのだ。リビングにシンプルな家具たち。それも裕也のイメージ通り、モダンな印象を受ける。ダークグレーの大きなソファがリビングで存在感を訴え、その向こうには十人は座れるであろうダイニングテーブルと椅子が並んでいた。薄いパープルのカーテンが大きな窓を覆うように閉められている。

「すごい……広いですね」

「ああ、まあ。少し前まで父と一緒に住んでたからね。これでも三ＬＤＫだからそう広くはないよ」

「そう、なんですね」

普通の三ＬＤＫとは根本的に違うと思った。リビングは軽く二十畳は超えているだろうし、高い天井からはモダンなシャンデリアのような照明が下がっている。ダイニングだって広い。ちょっと覗いただけだが、キッチンは和真の部屋以上はあると思う。

和真は大翔を腕に抱いたままリビングを歩いて回っていたが、そろそろどこかへ寝かせたいと思い始めた。腕が痺《しび》れてきたのだ。

(でも大翔くんが寝られるようなベッドってないよね)

オシャレなインテリアでまとめられている裕也の自宅は、どこを切り取っても子供を育てる環境など一切なかった。

「和真くん、交代しようか。ずっと抱っこしてたら重いだろ？」

「あ、はい。すみません」

裕也に大翔をチェンジすると途端に目を覚まし、天使のような顔がくしゃっと歪《ゆが》む。

「ふぁ……ふえぇぇん！　んあぁぁぁん！」

裕也の顔を見るなり大声で泣き出して、手足をばたつかせた。

「うわっ、なんで？　俺の顔見て泣いた!?」

焦った裕也が体を揺すりながらしばらくあやしていたが、一向に泣き止まなかった。もしかしたらと思った和真は、大翔のおむつの様子を見てみる。

「ああ、やっぱり」

案の定、大翔のおむつは濡れていた。今時のおむつは濡れても分からないのだが、大翔がしていたのは濡れるとその冷たさを感じられる種類のようだった。

「ええ……和真くん泣き方でおむつとか分かるんだ？」

「いや、一〇〇%じゃないですけど、寝起きだしそうかもって思っただけで」

一緒に持ってきたかわいらしい動物の絵柄が付いたボストンバッグから、新しい紙おむつを取り出した。バスタオルを敷いたソファの上に、泣きまくる大翔を寝かせる。しかし、思うようにじっとはしてくれない。

「あ、あの、これ広げる間、少し大翔くんを押さえててください。暴れて落ちそうで……」

「あ、ああ……うん」

裕也に助けを求めて、その間に紙おむつを広げた。そうしてなんとか新しいものに取り替えてやると、さっきまで泣いていたのが嘘のように泣き止んだ、が――しかし。

「よし、今度は大丈夫だな」

そう言って裕也が抱き上げると、大翔の顔は再び歪む。

「うわぁ〜ん……や、んやんやぁ〜！」

なんだがものすごく嫌がっている。その証拠に裕也の顎の辺りに両手を突っぱねて体を反らせていた。

「えぇ？　なんで？　俺がだめなの？」

焦った裕也が懸命に泣き止ませようと体を揺らしたり、声をかけたりするが効果なしだ。仕方なく抱っこを和真が変わると、呆気なく泣き止んでしまう。抱き方が気に入らなかったのかもしれない。

「まじで……俺、嫌われてるのかな」

ソファに座っている裕也がガックリと肩を落としている。こんな裕也を見るのは初めてだから新鮮だ。気付けばさっきまでの緊張が嘘のようになくなっている。

（大翔くんで頭がいっぱいになってたら、すっかり忘れてた）

事務所で顔を合わせたのはほんの数分前なのに、あのときのパニックも動揺も消えている。

「きっと、抱き方がいやだったのかもしれないです。これから慣れますよ。ね、大翔くん。これからよろしく。僕は和真だよ」

和真は涙に濡れた大翔の頬を拭きながら言うと、不安だな、と裕也は苦《にが》く笑った。それは和真も同じだったが口にはしなかった。

裕也のマンションで唯一、十畳ほどある和室を大翔の部屋に当てることとなった。幸いそこには付け書院や地袋があって収納にも困らない。だが、子供を育てる環境にはほど遠かった。

和真は母に伯母の仕事を手伝う旨《むね》を説明し、一度帰宅して再び裕也のマンションへ戻ってきた。二度目にマンションに来たときは正面玄関から入ったのだが、そのホテルのようなエントランスに驚愕した。

三階まで吹き抜けになった高い天井と、その高さに合わせた大きな縦長の明かり取り用の窓が印象的だった。白いフロアタイルの上には、レッドとペールオレンジが組み合わされたエレガントな絨毯《じゅうたん》が敷かれてある。この上を歩いていいのか？　と一般庶民の和真は思ってしまった。なにより驚いたのは、エントランスにエスカレーターが設置されてあることだろうか。もちろんコンシェルジュもカウンターの向こうに常駐しており、まさにホテルの受付と遜色《そんしょく》はない。

(あれじゃあ、普通にホテルと変わりないよね)

そう思いつつ正面から入って来たのだが、あまり興奮するのはよくないかと思い、裕也の部屋の前で何度か深呼吸して自分を落ち着けた。

裕也にスマートキーのアプリを入れてもらい、自宅の鍵をシェアさせてもらった。ドキドキしながら扉のスマートシリンダーに携帯をかざす。開くのか不安だったが、無事に解除されてホッとする。

広い廊下を進んでリビングへとやってくると、剣崎と裕也がローテーブルにタブレットを置き、なにやら書類を指さしつつ仕事の話をしているようだ。声をかけづらくてしばらく待ってみる。

「じゃあ、とりあえず仕事のスケジュールはできるだけ詰めないようにする。急なことだから変えられない案件もあるけど、先方にお伺いしてみる」

「うん、よろしく。本当は全部の仕事をキャンセルして大翔の傍にいたいんだけどさ」

「やめてくれよ。そんなことしたら事務所が潰れる」

冗談交じりに笑った剣崎が、声をかけそびれて所在なさげにしている和真に気付いた。

「あ、和真くん、おかえり。正面玄関からちゃんと入れましたか?」

「はい、ホテルみたいなエントランスに驚きました。大翔くんは寝てるんですか?」

辺りを見渡した和真は、付近に大翔の気配がないのに気付いた。

「うん。和真くんがミルクを作って置いていってくれたおかげで、起きたときは泣いたけど、なんとか飲ませられた。今はお腹いっぱいで眠ったよ」

剣崎が苦笑いを見せ、その隣で裕也が深く頷いている。

「うん、苦労したけどね」

「そうなんですか？　なんだか僕の出番なさそうですね」

和真は真面目な顔でそう言いながら、二人の向かいにそっと腰を下ろした。

「ちょっと待ってくれよ。ミルク飲ませるの、すっごい苦労したんだから！」

裕也が真剣な顔で力説してくるので、その勢いに押されて思わず仰《の》け反《ぞ》った。和真は慌てて、冗談ですよ、と笑った。

「さて、和真くんも帰って来たので、話をしようか」

仕事の話をしていた剣崎が、手元のタブレットをスリープにした。のんびりした空気が急にピリッと緊張感を帯びる。和真は居住まいを正して剣崎の言葉を待った。

「これから、大翔の面倒を見てくれる和真くんには、ちゃんと事情は話しておこうって裕也と話し合って決めた」

視線で了承を取る剣崎に気付き、裕也がそれを受けて小さく頷く。

「うちの事務所の扉の前で、今日の朝、剣崎さんがベビーカーに乗った大翔を見つけたんだ」

「え、事務所の前って……それ、置き去りじゃないですか」

「そうなんだ。守衛の目をかいくぐってどうやって入ってきたのかは不明だが、私が一番初めに見つけてよかった」

まさかそんな経緯で大翔があの事務所に来ていたとは驚いた。だとしたらどうして警察へ届けなかったのだろうという、ごく自然な疑問が浮かんでくる。

「本来なら警察へ届けるのが筋だ。でもそうできなかった」

剣崎が足元に置いてあった鞄からなにかを取り出した。ローテーブルに置かれたのは、保険証と母子手帳だ。そこには母親の名前と大翔の名前が記載されてあった。保険証には花野井《はなのい》かれんと大翔の名前がある。もちろん住所の記載もされてあった。

「でもこれがあるならすぐに母親が見つかるんじゃないんですか？」

もっともなことを言うと、剣崎は苦い顔をする。そしてもうひとつ手紙らしきものを出してきた。そこには手書きで数行のメッセージが書き付けてある。

『嵩美さんと私の子供です。黙って産んでしまってごめんなさい。一人で育てるつもりでしたが、やはり無理でした。無責任なことをして申し訳ありません。どうか大翔をお願いします。不誠実な母親をお許しください』

母親から裕也に宛てた手紙だった。たった数行の文章には、母親の資格がないと自分自身を責め、そして確かに嵩美との子供と書いてある。

「そんな……無責任ですよ。自分の子供を手紙ひとつで置いて行くなんて……」

和真は気持ちよさそうに眠っていた大翔の寝顔を思い出した。あんなにかわいらしい大翔を置き去りにするなんて鬼だ。ギュッと唇を噛み締めた和真は、どんな事情があれど、子供を手放すなんて……と到底信じがたい現実を目の当たりにした。

「そうだよな。なにも知らないうちに、大翔は……母親に捨てられたんだ」

裕也の言葉がリビングに響いた。ただその母親に怒っているだけではないような、複雑な表情を浮かべている。驚きと衝撃と、落胆に怒りなのかもしれない。

「これ、嵩美さんとの……って書いてあるのは、やっぱり父親は裕也さんってことなんですよね」

「……そう、だね」

裕也がそう返事したあと、小さな沈黙が落ちる。しかしみんなで気落ちしていても仕方がない。重苦しい空気を切ったのは剣崎だった。

「では、私は事務所に戻ります。保険証と母子手帳があるので、母親が見つかるのは時間の問題だと思いますから。社長と一緒に母親は探すつもりです」

「あ、そうですよね。自宅は少なくとも分かるし、名前も分かってるんですもんね」

和真はホッした表情を浮かべたが、裕也の顔は曇ったままだった。

「本日は裕也も夕方から抜けられない仕事が入っているので、今日の今日で和真くんを一人にしてしまうことになるのですが……」

「あ、平気です。でもひとつ希望を言うなら、買い物に行かせてくれませんか？　ここは大翔くんのためのものが一切なくて、かなり困りそうです」

赤ちゃんが生活できる場所ではないというのは、剣崎も裕也も承知しているようだった。

これを使って、と裕也が出してきたのは茶色の封筒だ。

「こ、これって……」

「うん。当面の生活費はここから使ってくれればいいよ。俺と一緒のときは俺が出せるけど、いないときの方が多いかもしれないし」

にっこり微笑まれて、和真はテーブルの上に出された茶封筒を手にする。中身を確認せずとも、指先から伝わる感触でそれがどれほどの金額か分かる。

（これって……相当分厚いんだけど、札束？　だよね？）

まさかそんなにたくさんの生活費を渡されるとは思わなかったので、和真はどうしていいのか分からない。金庫があればそこに入れるのに、と考えてしまうほどだ。

「じゃあ、私はひと足先に戻ります。母親の情報が入手でき次第、随時連絡します」

テーブルの上の書類をまとめ、タブレットを鞄にしまった剣崎が立ち上がった。

「俺は直接現場に行けばいいんだよね？」

「ああ、気を付けて。遅刻しないように」

「分かってるよ」

剣崎がリビングから出て行き、広い空間に裕也と二人だけになった。二人になるとさっきまでとは違う緊張感に包まれた。今から裕也との生活が始まると思うと、どうしたって心拍数が上がる。

「大翔が寝ているうちに、聞いておきたいことがあるんだけど、いいかな？」

「あ、はい。なんでしょうか？」

「俺、和真くんとは今日が初対面だし、社長から君はいい子だよっていうのは聞いてたけど、実際、君がどんな子か知らないから、そういうの教えて欲しいんだ」

「あ～そうですよね。確かに。僕の方は裕也さんを知ってますもんね」

えへへ、と照れ隠しに微笑むと、裕也は不思議そうな顔をした。

「俺のファンだっていうのは聞いてたけど、本当の俺は知らないだろ？」

さっきまでやわらかい表情だったが、突然テレビの中で見ていたクールな彼が顔を出す。ドキッとして和真の視線は釘付けになり、一瞬息が止まった。

「和真くん？　聞いてる？」

「はい、あ、はい、もちろんっ！」

にやつく顔をどうしても止められなくて、両手で頬を押さえて必死に真顔に戻そうとした。けれどやっぱり筋肉がヘラッと緩む。

「で、教えてくれないの？」

「えっと、なにから話しますか？」

「じゃあ、好きな食べ物、音楽、趣味、彼女はいるのか、好きなタイプとか、恋愛観かな」

ほんの少し考える素振りを見せて、裕也が次々に質問を口にする。和真は呆気に取られてしまったが、どうも後半の質問はいらないような気がしないでもない。

「たくさんありますね」

「だって大切な大翔を任せるのに、その人間の人柄は最低限知っておきたいって思うのは当たり前だろ？」

大切な大翔、と彼が口にしたのを聞いて胸がじんわり暖かくなった。まだ本当に自分の子供かどうかも判明していないのに、大翔に対しての気持ちのあり方や向かい合う気概《きがい》が垣間《かいま》見える。

（やっぱり、裕也さんは僕の思う通りの人だな）

そんな大翔のお世話ができるのだから頑張ろう、と和真のやる気に火が着いた。

「えっと……好きな食べ物はフレンチトーストです。よく自分で作りますね。ふわっと焼くのにコツがいるんですけどね」

「へえ、オシャレな食べ物が好きなんだね。俺もフレンチトースト好物なんだ。ふわっとしたのが旨《うま》いよな」

「よかったら今度、作りますよ」

「いいね。楽しみにしてる」

「それで、えっと……音楽は特にこれと言って好きなのはないんですけど、流行に乗っちゃうタイプです。趣味は、本を読んだりすることかな。本屋さんは好きですね」

その次はなにを聞かれたっけ、と考えていると、向かいに座っていた裕也が立ち上がって、和真の隣に腰かけた。

「えっ、あの……どうしたんですか？」

「親しくなるのにはまず物理的な距離から近づかないとだめかなと思って」

「は、はぁ……そうです、か」

息づかいが聞こえるほど近くにいる裕也を意識して、さっきまでスムーズに言葉が出ていたのに、今は頭が真っ白になってなにも思いつかない。

「次は？　彼女はいる？　好きな女の子のタイプとか恋愛観、教えてよ」

「それは……」

顔が急激に熱くなる。奥手な和真は恋愛など無縁で、未だにセックスの経験はない童貞《どうてい》である。それをどう話そうかと懸命に考えていると、隣に座る裕也の肩が震えているのに気付いた。

「裕也さん？」

「いいよ、もう。分かったから」

「え？」

「大翔の世話をするのに、彼女だの好きなタイプだの恋愛観なんて必要ないのに、今すっごく考えてただろ？　それで分かった。素直で純真で裏がない子なんだって」

和真は裕也にからかわれたのだ。そう気付いて全身から火が出そうなほど恥ずかしくなった。

「な、な、なんっ……で、そんな……っ、僕、真面目に考えてたじゃないですかっ」

その場にいるのが耐えられなくなった和真は立ち上がった。少し熱が冷めるまでトイレに籠《こ》もろうと思ったが、すかさず裕也の手が和真の腕を掴んだ。

「ごめん、怒った？」

座っている裕也がこちらを見上げてきた。アーモンド型の、二重で切れ長の綺麗な瞳が和真に向けられる。行かないで、とその瞳が語りかけている気がして、和真はゆっくりとその場に腰を下ろした。

「イメージ違うだろ？」

「え？」

「映画とかテレビドラマとか舞台とか、そういう場所では俺は俺を演じてるから。求められるキャラクターの嵩美裕也でいるんだ。でも普段はこんな感じだよ。がっかりした？」

少し不安げな表情を浮かべた裕也は、どこか遠くを見るような目だった。

「がっかりはしてません。プライベートが謎な俳優ナンバーワンで、神秘のヴェールに包まれていた部分を見られて光栄ですから」

和真は心の底からそう思っている、真実の気持ちを口にした。

「まるで神様みたいな言い方だな」

「僕にとっては神様です」

自慢げにどや顔をした和真は、まるで自分のことのように言ってしまいハッとする。

「……すみません」

「なんで謝るんだ？」

「だって、本人目の前に言うのも……変な気がして」

我に返った途端に照れくさくなって、耳まで熱くなっていくのが分かった。

「いや、そんなふうに言ってくれる君でよかった。大翔をよろしく」

裕也が左手を差し出してくる。一瞬ためらったが、和真は両手でそれを握り、はい、と笑顔を向けたのだった。

◇　◇　◇

裕也は夕方前に仕事へ行った。部屋には和真と大翔だけが残される。なにをしようかと考えて、まずは今一番に必要な、大翔のものを買いに行くことだと思い立って準備を始めた。

「大翔くん、お買い物へ行こうか」

「あ～う～」

お昼寝から起きた大翔はぐずることなくご機嫌で、しかし裕也が玄関先で抱っこしようとしたら泣いてしまった。なぜか裕也のときだけ泣いてしまう。へこんだまま仕事に出て行った裕也を見送り、和真は大翔をベビーカーに乗せて準備していた。

「大翔くん、どうして裕也さんがいやなの？　パパ、かもしれないのに」

自分でそう言って、胸の微かな痛みに気付かない振りをした。さっきは玄関先で大泣きしたのに、今はとてもご機嫌だ。ボストンバッグの持ち手に付いていた、手の平サイズの小さなひよこのぬいぐるみを握りしめている。

「んまんま、う～あ～」

大きな茶色の瞳は裕也にどことなく似ている。日本人よりも少し彫りの深い目鼻立ちで、髪の色も黒ではなく栗色だ。

「うんうん、ひよこさんだね」

大翔がなにかを主張するように喋っているので、和真はそれに答えながらベビーカーにバッグを積み込んだ。

近くに赤ちゃん用品を置いている店はなかったので、電車で少し離れた場所まで出なくてはだめになった。都心のど真ん中には、郊外にあるような大型店舗などない。

（電車か……大丈夫かな）

いつも自宅で甥っ子の尚人の面倒は見ていたが、赤ちゃんと遠出をした経験はない。必要なアイテムはバッグに入れたつもりだが不安だった。

マンションを出て地下鉄に向かう。いつもはエレベーターがどこにあるかなんて意識しなかったが、今はそれを探すのもひと苦労だ。

（エレベーターってなんであんな離れた場所にあるの⁉）

子供を連れて出かける母親の気持ちが少し分かった気がする。

電車の中でも大翔がご機嫌なのは本当に助かった。フロントバーに右足を乗せるのが癖のようで、何度も足を下ろすのだが、すぐに足が飛び出す。

「大翔くん、あんよは出しちゃだめだよ」

和真が大翔の足をフロントバーの下へ収納する。しかしすぐにぴょこんと足が飛び出した。

「あ～うっ、ん～ま、あぅあぅ～」

「また足出ちゃったよ。ほら、ないない」

大翔とのやりとりを車中でご老人に微笑ましい目で見られた。

そしてなんとかようやく辿り着いたキッズTOY《トイ》。八階建てのビルの三、四階が専用フロアになっている。かなりの広さがあって、ここは0歳から必要になる商品をたくさん扱っていた。

（うちの実家の近くとは規模が違うな～）

家の近くにもあったのだが、そのときは姉の付き添いで行っただけだ。だからただの興味本位で商品を流し見していたが、今日は真剣に選んでいかないとだめだ。まさか自分が赤ちゃんの使うものをここで買うとは考えもしなかった。

確かに、将来結婚して自分にも子供ができたら来るとは思うが、まさかそれがこんなに早く現実になるとは想像もしていない。

「八ヶ月って、どういうのがいるんだ？」

そう呟きながら入店する。店内のカラフルなおもちゃ類がたくさん目に付いた。新生児や0歳児、一歳前後の子供が必要なものは奥にあるようだ。

「大翔くん、大人しいね」

ベビーカーを押しながら大翔を覗き込んだ。足は相変わらずフロントバーに乗せられている。

「あうあう、んぱぁ～」

「なんだかご機嫌だけど、おむつ平気かなぁ」

和真は大翔のウエストから中を覗き込み、おしっこお知らせラインの有無を確認した。まだ大丈夫なようでホッとする。そして携帯を取り出して、どんなものが必要なのかを検索し始めた。

（う～ん、難しいな。ちょうどいろいろ切り替わる時期なんだな）

そういえば甥っ子もそうだった。ミルクから離乳食になる時期で、テープタイプのおむつからパンツタイプのおむつがいいと書いてある。掴まり立ちをするのか、ハイハイをするのか、その辺でも変わるらしい。それを読んでさらに悩んでしまう。

「和真？」

売り場の前で頭を抱えていると、後ろから声をかけられる。こんなところで知り合いに会うなんて、と顔を上げると、そこには友人の柏田健吾《かしわだけんご》の姿があった。彼の足元には三、四歳の男の子が後ろに隠れて顔だけ覗かせている。

「あれ、健吾？　久しぶり。買い物？」

「久しぶりだな。卒業式以来だろ。まさかこんなところで会うなんて奇遇《きぐう》だな」

「ほんと、卒業式以来かもしれないね」

「俺は甥っ子の誕生日だからその買い物に来てる。お前は……子供を産んだ？」

冗談交じりで神妙な顔をする柏田にずっこけそうになった。

「いやいや、無理でしょ。この子は……親戚の子なんだ。今ちょっといろいろあってお世話を頼まれてる」

「へえ、大変だな。ほら昌磨《しょうま》、和真にいちゃんに挨拶は？」

柏田の後ろに隠れていた昌磨が、もじもじしながら姿を見せた。俯《うつむ》きながらも上目遣いで和真を見上げてくる。

「こんにちは。野井《のい》昌磨です……四歳です」

控えめな様子で小さな手を広げ、親指を折って指を四本立てる。そしてすぐに柏田の後ろに隠れてしまった。

「かわいいなぁ。照れ屋さんなんだな」

「人見知りすごいんだよ。で、その子はなんて名前だ？」

柏田がしゃがみ込んで大翔を覗き込んだ。頰を指先でツンツンしているが、不思議そうに柏田を見つめ、泣く様子は見せなかった。

「たか……大翔って名前。若干、人見知りかも。でも柏田には泣かないね」

「そっかぁ。大翔～お前、大翔って名前か～。俺は健吾だ。よろしくな～」

「あんま、んまんま～あぅ～あう、あ～」

大翔は両手を上下に動かしながら、健吾を見つめてなにか訴えている。

「なんか喋ってるな。にしても目鼻立ちはっきりしてるし、目の色もすごく茶色だな。髪も色素薄いし、ハーフみたいだ」

大翔を覗いている柏田の言葉にドキッとする。すると昌磨も控えめな感じでベビーカーの大翔を覗き込んできた。

「お前もこんな小さかったんだぞ」

「昌磨、赤ちゃんじゃないもん。四歳なったよ」

唇を尖らせた昌磨が、指を四本立てて柏田に訴えている。

「そうだよな。昌磨はお兄さんだもんな」

褒められて照れくさそうに唇を噛んで頷いている。かわいらしいなぁ、と和真は二人のやりとりを眺めていた。

「それで、和真はここへなにを買いに来たんだ？」

立ち上がった柏田が聞いてくる。そう言われても、まさか大翔の身の回りのものがなにもないから、全部を買いに来たというのはあまりに不自然すぎて言えない。

「いや〜消耗品とかなくなったから買ってきて、とだけ言われて、ちょっと困ってた」

苦笑いを見せると、柏田は怪訝な表情になる。そんな曖昧《あいまい》な情報で買い物に来たのか？と言いたげである。

「とりあえず、大翔は八ヶ月なんだけど、生活するのにどういうのがいるかな？」

「まるでお前がずっと育てるみたいな言い方するのな」

あはは、と乾いた笑いを漏らしたが、仕方ないから教えてやるよ、と柏田が引き受けてくれた。

柏田は赤ちゃん用品にやたらと詳しく、いろいろな商品の説明をしてくれた。和真も甥っ子の面倒を見ていたが、柏田ほど知っているわけではなく驚いた。

「まあ、俺の場合、いろいろと事情があったからな」

どうして？　と聞きたくなるのを我慢した。あまり突っ込んで聞くのも申し訳ないと思ったからだ。

柏田とは友人だが、彼の家が少々複雑なのは知っている。

(甥っ子ってことは、健吾の異母兄弟の子供、だよね)

面倒を見ている状況は自分も健吾も同じなんだな、と親近感が沸いた。

そうして柏田の手助けもあり、大翔に必要なほとんどのアイテムを買うことができた。

驚いたのはその金額と荷物の量で、結局、配送してもらうハメになった。

「お前、買いすぎだったんじゃないのか？　しかも現金で払うとかびっくりするわ。いくら持ってきたんだよ」

キッズＴＯＹの店の前にあるテラスに座って、みんなでしばしの休憩している。昌磨の手にはチョコアイスが握られていて、ご機嫌な様子で食べていた。

ついさっき、大翔のおむつを替えなくてはだめな状況になった。しかしここの男性用トイレにはおむつ替えベッドが設置されてあった。さすが子供とパパやママのための店なだけはあると感心した。普通の店には男性用トイレにはベビーベッドはないという。男性も子育てをするのが普通になってきているのに、そういう部分ではまだまだ配慮がされていない。海外の先進国ではそういう気遣いがされているという。

柏田にそんな豆知識も教えてもらい、和真は感心するばかりだ。

「今日はありがとう。大翔くんもご機嫌だし、助かったよ。な、大翔くん」

「あうあう、んま、んま、あ～」

「なんか喋ってるな」

「うん、ありがとうって言ってるんだと思うよ」

和真と柏田は二人でベビーカーの大翔を覗き込んだ。

買い物は柏田と会ったことでスムーズに進み、ありがたいことこの上なかった。電車を降りてマンションに帰り着く間、少し前から大翔がぐずり始めた。時間を確認すると、どうやら食事の時間を過ぎているようだ。

「ごめんな、大翔くん。すぐにご飯の用意するから」

実際問題、和真も腹が減っていた。キッズTOYの中を散々歩き回ったせいもあるだろう。

「ふ……ぁ、んまぁ、ああう、あぁぁん、えふ、えふぇ～」

玄関の前で本格的に泣き始めて、和真は大慌てで中に入った。夜は離乳食ではなくミルクにしようと思った。その方が寝付きがいいとネットに書いてあったのだ。

実際、大翔が今までどんな食事をしていたのかは分からない。和真が作り慣れていない離乳食を、急いでいるときに作ったり食べさせたりするものじゃないと判断し、ミルクの準備をする。和真が忙しくしている間に、携帯へメッセージが届いていた。

『今日は撮影が夜中までかかりそうなんだ。問題は起きてないかな？　大丈夫かな？　手伝えなくてごめん』

このメッセージを和真が確認するのは、大翔にミルクを飲ませるのに苦戦して、疲れ果てたあとになる。

第二章　本格的な育児体験中

和真が子供の扱いに慣れているのは、甥っ子の面倒を見ていたからだ。とはいえ、姉が寝不足で実家にヘルプを求めてきたときに手伝うくらいで、本格的な二十四時間完全育児は初体験である。

（おむつ替えとか、ミルクを作ってあげるとか、遊んであげるとか、そんな感じだったかな）

ときどきお風呂にも一緒に入ったりしたが、ほんの数えるほどだ。裕也のマンションに住み込みを始めて二日目、もうすでに寝不足である。

「えっと……ミルクは四時間ごとに、一日四回から五回が目安……か。母乳の場合は、離乳食のあとに補完《ほかん》するようにし、ミルクの場合は一回二〇〇から二二〇ミリリットル」

和真は通販で買った本を見ながら一文を声に出して読んだ。

現在、夜中の三時である。子供部屋で和真が泣いているのでおむつを替えたが、ミルクを飲ませようとしていた。

「和真くん……大翔が泣いてるの、大丈夫かな」

「あ、裕也さん、ごめんなさい。今ミルクを作ろうと思って」

眠い目を擦《こす》りながらそう言うと、手伝うよ、と裕也が隣に立った。二人で『初めての育児』というタイトルの本を見る。

「ミルクって、こんなに種類があるのか？」

目の前にはプラスチック容器に入った粉ミルクとキューブタイプの粉ミルク、缶に入った粉ミルクが並んでいる。どれも違う会社の製品だ。

「あ、どれがいいのか分からなくて、とりあえず全部買いました。やっぱり好き嫌いがあるかなと思って……」

「なるほど。どれから使う？」

「簡単なキューブタイプのを使ってみようかなと」

和真がいうと裕也がキューブの入った袋を開けて、それを哺乳瓶に入れていく。

「あ、これ全部入れていいんだよな？」

「えっと……キューブ一個で四〇ミリリットル分なので、二〇〇ミリリットル分を作るとして、五個ですね」

「じゃあ一袋、全部でよかったな」

瞬間沸騰のケトルで湯が沸き、それを二〇〇のメモリまで注いでいく。口を閉めて哺乳瓶を水の張った桶《おけ》に浸けた。

「裕也さん、僕これを冷まして持って行くので、少しの間、大翔をお願いできますか？」

「ああ、分かった。任せて」

疲れた顔の裕也が大翔の元へと向かう。和真はなかなか冷めないミルクを今度は流水で冷まし始める。あまり熱くしすぎたらなかなか冷めないというのを学んだ。

（早く飲ませてあげないと、かわいそうだよね）

奥の部屋からは大翔のギャン泣きする声が聞こえている。きっと裕也は大翔を抱き上げてあやしてくれているのだろう。

和真は本のページをめくり、ミルクの温度は自分の腕にかけて確認する、と書いてあるのでその通りにやってみる。

「熱っ！　まだすごく熱い……氷水にするか」

ミルクの温度を下げるだけでひと苦労だ。その辺の加減が分からずに時間だけが過ぎていく。ミルクをかけた手首はみるみる赤くなっていった。あとになって本を見返すと、熱すぎる湯でミルクを作ると、栄養成分を壊すので注意と書いてあった。ミルクは七十度前後で溶かすのがいいらしい。だがもう後の祭りだ。

甥っ子を見ていたときもミルクは何度も作った。そのときはこんなに熱くならなかったし、すぐに飲ませることができたような記憶がある。もしかしたらあれはちょうどいい温度で湯を保存できるものだったかもしれない。

(姉さんのところで使ってたのって……なんだっけ)

ミルクを作るための湯を沸かす専用のケトルの名前を思い出そうとしたが出てこない。すごく簡単に作れるんだ、と思ってミルクを作った記憶があった。

「大翔くん、お待たせ」

「うあぁぁーん！　あぁーん、んぁーん！」

部屋に入ると大翔が裕也の腕の中で顔を真っ赤にして、ぽろぽろと涙を零し泣き叫んでいる。和真の姿を見た裕也がその場に座り、胡座《あぐら》をかいた上へ大翔を乗せた。

「かして、俺がやるよ」

「え、でも、裕也さん疲れてるんじゃ？　ほんの数時間前に帰って来たばかりだし、僕、このためにここにいるのに……」

手を出されたので、戸惑いながらも哺乳瓶を手渡した。なんだか申し訳ない気がしてしまう。

「ああ、だけど大翔は俺の子だから。ミルクを飲ませるのも慣れないと」

その言葉に和真はなにも言えなくなった。腕の中で懸命にミルクを飲んでいる大翔は、しっかりと裕也を見つめている。

大翔がミルクを全て飲みきると、今度は和真が小さな体を抱き上げた。

「裕也さんは寝てください。あとは僕が寝かしつけるので。九時に出るんですよね？」

「ああ、帰り時間は未定だから、分かり次第連絡する」

分かりました、と微笑んだ和真は、大翔の頭を肩に乗せ体を揺すった。しばらくその様子を見ていた裕也が部屋に戻っていく。もう二時間もしたらお腹が減ったと起こされるとは、そのときの和真は想像していなかった。

その日から全ての生活が一変した。夜中や朝早くの授乳、機嫌よく遊んだかと思ったら一時間ほどぐずぐず泣いたりする。和真の食事は後回しだし、まとまった睡眠は取れない。

裕也が仕事に出るのが十時頃のときは、離乳食を食べさせてくれることもあって、その間、短時間の睡眠を取る。

「離乳食っていろいろあるんだな」

裕也が腕に大翔を乗せたままキッチンに立っている。和真は散らかったリビングを片付けながら、そんな彼の言葉に顔を向けた。

「本当は手作りがいいらしいんですけど、まだ勉強不足で作れないから、それまでは市販のベビーフードで代用をしようと思ってます」

「そうか。俺も勉強しないとな。な、大翔」

「あ～ぅ、あ～」

裕也の手にしたベビーフードの瓶の感触を、指先で触ってなにやら確認している。そんな大翔に、今日はこれにするか？　こっちがいいか？　と話しかけていた。

今までの彼の生活がどんなだったかは分からない。きっとこれからは前とは明らかに変わるだろう。仕事が終われば寄り道もせずに真っ直ぐ帰って来て、付き合いで飲んでいた酒も辞めておくと言っていた。

「親子か……」

まだ始まったばかりの育児。父親の裕也を想像できない和真だったが、今は腕に大翔を乗せるその姿がしっくりきている。とても不思議な感じがしていた。

裕也が大翔に離乳食を食べさせている間、和真は夢さえ見ずに死んだように眠った。だが体を揺すられてハッと目を覚ます。

「悪い、和真くん。俺もう出るよ」

「あ……はい。起きます……」

全く睡眠は足りていないが、重だるい体を起こした。時計を見ればもうすぐ九時になるところだ。裕也から大翔を受け取り、一緒に玄関先まで歩いて行く。

「大翔、お仕事に行ってくるから、いい子でいろよ。じゃあ、和真くんよろしく」

裕也の長い足は白のパンツに包まれ、上着は紺のシャツにフィット感のある黒いジャケット姿だ。胸ポケットにはサングラスが下がっている。黒のレザークラッチバッグを手に、足元はビーフロールローファーだ。何気《なにげ》ない私服なのにファッション誌から飛び出したかのような立ち姿である。

「和真くん？」

裕也の声にハッとして顔を上げた。

「ごめんなさい。まだ寝起きでボーッとしてて……」

「いや、いいよ。そりゃそうだよな」

裕也が大翔にするように、和真の頭をやさしく撫でてくれる。妙に照れくさくなって俯くと、行ってきます、と裕也が扉を開けて行ってしまった。

裕也に触れられた髪を、和真は右手で撫でる。胸の中がキュッと締め付けられるような甘さにもどかしくなった。

「大翔くん、眠いのかな？」

リビングに戻ってくると、大翔が大きなあくびをする。目を擦る仕草を見せるので、子供部屋に入った。布団に寝かせて部屋のカーテンを引く。

和真は大翔の隣に座り、甥っ子にもしていたように、大翔のお腹をやさしくポンポンと叩き始める。しばらくそうしていると、そのリズムに誘われるように大翔の瞼が落ちていった。

そっと部屋を出て、キッチンへ向かう。少し早めに自分の食事だ。なにかを作る気力がなかったので、ワゴンからカップ麺を取り出した。シンクにはベビーフードを食べさせたときに使った食器がそのままだ。朝、ミルクを飲ませたときに使った哺乳瓶もそのままなので、湯を沸かす間にそれを洗う。

もちろん洗い方なんて知らないから指南本《しなんぼん》を開いた。

「わ……結構大変なんだ」

ニプルと哺乳瓶を普通に洗い、哺乳瓶の消毒用の液を水道水で薄めて一時間以上浸けるらしい。煮沸消毒《しゃふつしょうどく》でもいいと書いてある。

甥っ子の尚人にミルクを飲ませることはしても、その哺乳瓶を洗って消毒するところまではしていない。

姉が実家に来たときは予備の哺乳瓶も持ってきていたし、まるっきり和真に丸投げしていたわけではなかった。哺乳瓶の処理はさすがに任せられないと、姉自身がやっていたような記憶がある。

「柏田、それでこれを勧めてきたんだ」

キッズＴＯＹで柏田に「これも必要だから」と言われて買ったような気がする。本には電子レンジ消毒も可能なアイテムもあると書いてあった。

「いろいろあるんだな……」

そう呟いている間に湯が湧き上がり、和真の昼ご飯ができてしまった。この生活がどのくらい続くのかは分からないが、早く慣れないと体が持たないかも、と思い始めていた。


ここ数日の変化といえば、大翔の育児に必要なものが揃った和室が、立派な子供部屋になったこと。そして他人行儀はいやだからと、裕也は和真に敬称を付けずに呼ぶようになったことだろう。たったそれだけで裕也との距離がグッと近くなったような気がする。和真は裕也を呼び捨てにはできなかったが、丁寧語はできるだけ使わないようになった。慣れない言葉使いに四苦八苦だったが、少しずつ順応している。

剣崎が仕事を調整したおかげで、当初はほとんど家に帰って来られないと言っていたが、徐々に変わり始めていた。

「はぁ～眠い」

大きなため息が出る。和真はかなり疲労が溜まっていた。常に気を張っているし息を吐く暇もない。若いから体力だけはあると思っていたが、それも怪《あや》しくなっている。

(ようやくほんの少しだけ慣れたかなぁ。でも子育てって本当に大変だ。母親ってめちゃくちゃ偉大だぁ)

おまけに裕也の部屋を掃除しに来ていたハウスキーパーも、大翔の件で無期限の休暇を出されていた。なので実質、部屋の掃除や料理も和真が担《にな》うのだが、広い部屋の掃除はかなり骨が折れる。大翔が寝ている間の掃除は、音の出ないフロアワイパーを使う。全部の部屋の掃除は一気にできないが、できる限り頑張っていた。

——部屋の掃除は完璧じゃなくていいし、料理も外食でも出前でも俺は構わないから。

裕也はそう言ってくれた。和真の負担を考えてのことだと思う。もっと時間があれば手伝いたいんだけど、とも言ってくれたが、今でも精一杯手伝ってくれていると思う。

(食事はなんでもいいけど、掃除は必要だ。だって大翔がいるんだもんな)

大翔は床の上で這いずり、ゴロゴロと激しく寝返りを打つ。なので頭をぶつけそうなところには毛布やクッションを緩衝材《かんしょうざい》の代わりに置いた。なのでスタイリッシュでモダンな裕也の部屋は、和室だけじゃなく他のエリアも徐々に大翔色に染められている。

昨晩も裕也は夜遅くに帰って来て、睡眠もそこそこに朝早く仕事へと出かけて行った。

だが出かける前には、ちゃんと大翔に離乳食を食べさせてくれた。前よりも上手くなっていて、裕也は育児の才能もあるのか？　と和真は驚いた。

和真はリビングで昼のワイドショーを見ながら、大量の洗濯物を畳んでいる。主に和真と大翔のもので、裕也の洋服はほぼクリーニングに出さなければだめなものばかりなので、それはそれで助かっている。

『今回のドラマ、Other Face《アザー　フェイス》はOther Side《アザー　サイド》の続編とのことですが、見所《みどころ》はどこでしょうか？』

『そうですね。今回も前回と同様に松本悠宇《まつもとゆう》くん演じる中原櫂《なかはらかい》と共にミステリアスな難事件を解決していきます。アクションシーンが増えると思いますので、そこも見所です』

新ドラマの番組宣伝のため、帯番組のワイドショーに裕也がゲスト生出演していた。家では疲れた顔に笑顔を浮かべているが、今はスタジオでドラマの内容を真面目な顔で説明している。

「テレビの裕也さんと自宅の裕也さん、違うなぁ。オンオフ、どっちも知ってる僕って役得」

にへへ……と思わず頬を緩めて微笑む。リビングのソファの背もたれに体を預け、背中を仰け反らせて顔を左に向けた。視線の先には廊下が見えて、その先には大翔の部屋になった和室がある。布団の上でスヤスヤ眠る大翔を確認すると、和真は膝の上に乗せた洗濯物を再び畳み始めた。

テレビ画面には新ドラマのワンシーンが流れ始める。スーツ姿でビルのヘリポートに立ちへリの風に煽《あお》られる裕也。男性のナレーションと共にめまぐるしく画面が切り替わっていく。

ドラマの内容は、この世のものではない何者かが事件を起こしていき、様々な難事件を解いていくというホラーサスペンス刑事ドラマだ。裕也演じる捜査一課の刑事、亜藤康行《あとうやすゆき》が犯人を見つけるためバディである中原櫂と解決に挑《いど》む。前回の Other Side は三十五％の最高視聴率をたたき出した。その続編 Other Face もかなり期待されている。

「Other Side 面白かったよなぁ」

洗濯物を畳み終えた和真は隣の部屋に向かい、ベッド脇に置いてあるバッグから一枚のBDを取り出した。裕也が主演のドラマや映画、舞台なんかの映像ディスクは全て買っている。中でも Other Side はお気に入りだ。

（大翔が寝ている間にちょっと見ちゃおう）

何度見ても Other Side の裕也は格好いい。悲しげに微笑むシーンも、バディの櫂がピンチに追いやられ、緊迫感が漂う場面で葛藤《かっとう》する裕也も。どれもこれも和真が大好きな裕也だ。

「あ～、やっぱ裕也さん最高……」

うっとりとした顔で画面を見つめる。頭の中ではプライベートで見せる裕也の甘い笑みを思い出した。テレビのリモコンを握りしめた和真は、ソファの上で胡坐をかいたのだが、妙な部分がもぞもぞし始める。

（なんだろ……なんか、こう、あれ？）

もう何度も見たはずのBDだったのに、なんだかいつもと違う感じがした。太腿に置いていた手をするすると内腿に滑らせる。スエットの中で徐々に硬度を増し始めたそれに、和真自身が一番驚いた。

「……うそ、え、なんで？」

手の平で撫でながら、視線は画面の裕也に張り付いた。無意識に唾液を嚥下する。鼓動が徐々に早くなり始め、手の中で布越しのそれは完全に硬くなっていた。

「やばいなぁ、裕也さんでこんなことになるなんて」

思わず呟いて、和室の方を思わず覗き込んでしまう。大翔はまだ寝ているし、処理するなら今しかないのかなと考える。

（育児と家事でずっと忙しくて、シてなかった……よなぁ）

和真はスエットのウエストと下着ごとグッと下にずらした。画面越しとはいえ、裕也が目の前にいるのに……と思うが、どうしても止められない。

「……ん、んっ」

手に握ったそれをゆるゆると扱き始めた。すぐに切っ先がぬめりを帯び、抵抗が軽減されていく。それと共にじわじわと淫靡な快楽がそこから生まれ、和真の呼吸が乱れ始めた。

「う……んっ、裕也、さん……っ、ぁ……っ、ぁっ」

先走りのいやらしい蜜が和真の謙虚な屹立に広がる。手の平でその鈴口《すずぐち》を何度も捏《こ》ねるように撫でると、自然に腰が動き始めた。

目に入ったのは洗い立ての裕也の下着だ。だめだ、いけない、そう思うのに左手がそれを握っていた。

「やば……、あ、んっ……ぁ、で、る……っ」

裕也の下着で口を塞ぎ、その匂いを吸い込んだ。柔軟剤と彼の匂いだ。一気に脳髄に直撃した快楽が和真を追い詰める。

「んっ、んっ、ぁっ！　んぁっ！」

発射する前に裕也の下着で自分の熱を包み込む。淫《みだ》らではしたなくて、タブーであると分かっているのに、和真は裕也の下着に放っていた。

「はぁ、はぁ……ああ、また洗濯、しなくちゃ……」

黒のローライズなカルティンクラインは、和真の精液でぐっしょりだ。すぐに罪悪感がビッグウェーブでやってきたが、とりあえずテレビの裕也を消すことで誤魔化した。

まさか裕也のＢＤを見ていてこんな気持ちになって、実際にシてしまうなんて思いもしなかった。今まで何度も見たはずなのに、今日に限ってどうしてなんだろうと頭を抱える。

（僕、裕也さんのこと、好きになりすぎたのかも……）

妙に胸がドキドキする。自慰行為の名残ではないそれに焦り、家事で興奮を紛らわせようと思い、立ち上がった。汚してしまった裕也の下着をいち早く洗濯しなければいけない。

だが携帯の着信にビクッとして、リビングテーブルの上にあるスマホを手に取る。

「あ、裕也さんだ……」

少し落ち着いてきた鼓動がまた跳ね上がった。和真のしていた行為を裕也が知るはずはない。だが絶妙なタイミングの着信に、さっきまで自慰行為《じいこうい》をしていた和真は狼狽《ろうばい》してしまう。

「も、……もしもし」

『あ、和真。そっちはどう？』

「う、うん……。大翔は、寝てるよ」

まだほんのりと自分の手からいやらしい匂いが漂う。そのせいで思わず声が上ずった。自《みずか》らの声にまた動揺が上積みされる。

『和真？　なんか声が変だ。本当に大丈夫？』

「だい、大丈夫だって。洗濯物を畳んでたところ。裕也さんは、仕事どう？」

『今は休憩中。今日は二十二時くらいには帰れるはずだったんだけど、機材トラブルで二十四時回りそうなんだ』

「そっか。大変だね。こっちは大丈夫だから、心配しないで」

『うん、ありがとう。なんか家が恋しいよ。今までは家に帰っても誰もいなかったけど、今は和真と大翔がいるから、毎日すごく……早く帰りたくて仕方ない』

スマホから聞こえる裕也の切なげで掠れた声が、和真の胸をきゅうっと締め付けた。まるで愛を囁かれているかのようだ。

「僕も、寂し……」

『あ、はーい！』

和真の声は、裕也が電話の向こうで誰かに返事をする声で遮られてしまった。雰囲気に流されて「僕も寂しい」と思わず言ってしまいそうになり、一気に羞恥が襲いかかってくる。

『あ、ごめん。今なにか言いかけた？』

「ううん。なんでもない。仕事、頑張ってね」

『ああ、ありがとう。じゃあ』

通話が切れた。テーブルの上に置いた黒いローライズのカルティンクラインに目が行って、ブワッと顔が熱くなる。テーブルにスマホを置いて、慌てて裕也のローライズを持って洗面所に駆け込んだ。

（あんなタイミングで電話がかかってくるなんて……）

手の中で裕也の下着を洗いながら、フッと上げた顔が鏡に映る。自分でも初めて見る表情で驚いた。見ていられずに俯いて懸命に下着を洗うのだった。

大翔がお昼寝から起きる前に洗濯物を収納し、離乳食とミルクの準備をした。でき上がったタイミングで和室から大翔の泣く声が聞こえる。

「んあぁーん……」

「はいはい、大翔～来たよ」

寝起きが悪いのか機嫌が悪いのか、おむつを替えても今日は泣き止まない。大翔を抱き上げてリビングに向かう。

「お腹減った？　ご飯できてるよ。食べようね」

ぐずる大翔をベビーチェアに座らせる。タオルで涙を拭い、椅子から落ちないようにベルトを締めた。

「ふぇ……うあーん」

大翔は泣いていたが、この時期くらいからやらせた方がいいらしいので、大翔の手を軽く持ち、いただきますと言いながら合わせる。ネットや本の情報しか参考がないから、その辺は致し方がない。

「ほら、あ〜んして」

泣いている大翔の前にスプーンを持って行く。今日は潰したブロッコリーと豆腐《とうふ》の白和《しらあ》えと、細かくした鯛《たい》としらすのおかゆ、そしてヨーグルトと缶詰のみかんだ。

ご飯をスプーンで掬って口元へ持って行くと、いやいやしながらでも口を開けてくれる。さっきまで機嫌が悪かったのに、少し食べ始めると回復し始めた。そして和真の持つスプーンを持ちたがったので握らせてみる。

「自分で食べる？　こうやって……こうだよ」

和真が大翔の手を補助しながら教えるが、そう簡単にはできない。スプーンの中身が口に届く前に、シリコンエプロンの受け口に落ちる。

「まぁ、まだ仕方ないか」

もう一本スプーンを持ってきた和真は、お椀のご飯を掬って口元へ持って行く。するとみかんの房を手掴みした大翔が、和真に差し出してくる。なんだかすごく期待に満ちた目をしていた。

「ん？　くれるの？」

和真は大翔が差し出した、少し潰れたみかんの房を口に入れてもらう。さっきまで泣いていた大翔は興味深げな顔で、和真の口にみかんが入る様子を見つめていた。

（なんだかうれしそうだな）

大翔がうれしそうにしていると和真も同じようにうれしくなる。こういうときは育児の苦労が報《むく》われたなと思えた。

（世のお母さんも、みんなこんな気持ち味わってるのかな。自分の子供だったらなおさら、かもしれないよね）

大翔の汚れた口元を拭きながら食べさせ、用意した離乳食は全て平《たい》らげてくれた。その後に準備してあったミルクも、和真の腕の中で勢いよく飲んでいる。

大翔は少し茶色い瞳でずっと和真を見つめていた。本当なら見上げるのは母親なはずなのに、とそう考えて切なくなる。

和真も昼食をサッと済ませ、大翔と出かける準備をする。夕食の買い物を済ませたあと、柏田と会う約束をしているのだ。

大翔はお腹がいっぱいになってご機嫌でよく笑う。ベビーカーを嫌がらないので助かるが、ベルトを付けるときに少しごねた。体を固定されるのがいやだったらしい。

「ん～、ん～、あ～」

「今からお出かけだからね」

玄関先で大翔をベビーカーに乗せる。出発前に裕也の携帯に出かける旨のメールを送った。これを見るのは夜になるかもしれないが、できるだけ家での様子や、行動を報告するようにしている。

「さ、行こうか」

大翔に声をかけて出発した。

スーパーはマンションから歩いて十分ほどのところにある。歩道が広い通りなのでベビーカーでも安心して歩ける。日差しが顔にかからないようサンシェードを深めに下げた。天気もよくて風も暖かい。和真と大翔にとってはいい気分転換だ。

買い物はそんなにたくさんあるわけではないが、できるだけ新鮮な物を食べさせたいので、二日に一度は買い物に出るようにしていた。

「もうすぐ終わるからね」

日曜のスーパーは人が多く、レジも列ができていた。大翔に声をかけるが、さっきからご機嫌斜めだ。きっとベビーカーが止まってばかりだからかもしれない。そしてとうとう、スーパーのレジを通るところで大翔が泣き始める。もうすぐ終わるよ、と言葉をかけながらレジの順番を待つ。ようやく精算を終えると、サッカー台で商品を急いでエコバッグに詰め、ベビーカーのアンダーバッグに入れた。

「んぁあん……あぁーん、んやぁあ！」

一応おむつをチェックしたが、どうやらそれが原因ではなそうだ。大きな声で泣く大翔を、周りの大人が「その声にはうんざり」という、迷惑そうな視線を投げ付けてくる。

和真は大急ぎでフードコートの隅のベンチにベビーカーを寄せ、ベルトを外して抱き上げた。揺すりながらしばらくあやしていると、大翔は眠かったらしく和真の肩に頭を乗せてウトウトし始める。

「そっかぁ。眠かったのかぁ」

さっきまで泣いていたのが嘘のように眠ってしまい、和真は大翔をそっとベビーカーに戻す。起きなくてよかったとホッとしながらブランケットをかけた。

「やば、待ち合わせの時間っ」

スマホで時間を確認すると、約束した時間の十分前だった。大翔を起こさないようにベビーカーを押して、スーパーからすぐの公園に向かう。結構な勢いでベビーカーが揺れていたのに、熟睡しているのか起きる気配はなかった。

柏田はこの近くの親戚の家から会社に行っているので、休みの日曜なら会えると言われ約束していた。

公園はかなり大きく、敷地に入ってからも急ぎ足で遊歩道を歩いた。都会の中にありながら、この公園に入ると一気に周囲の景色が変わり緑の木々に癒される。空気も爽やかに変わったような気さえした。都会の中にあるオアシスとはいうが、まさにそんな感じだと和真は思う。

(は～公園っていいよな)

木漏れ日を浴びながら、木々の間を歩く。上を向いて景色を楽しんでいた和真だったが、遠くの方に見える東屋《あずまや》に見知ったシルエットを見つける。柏田がすでに待っているようだ。

「急がなくちゃ」

ちらっと大翔を見てから早足で近づいた。和真の姿に気付いた柏田が、手にしていた本を閉じてこちらに向かって手を上げた。

「お待たせ。ごめん、遅くなった」

「おう、別に平気だ。本読んでたし……ってまた子守？　ってか、なんか顔色悪いな。疲れてるのか？」

柏田が怪訝な顔で言いながらも、和真の心配をしてくれる。会うたびに大翔を連れているのだから当たり前の反応だろう。

「まぁ、うん。任されちゃってさ。子守疲れでちょっと大変かも」

ベビーカーを引き寄せてベンチに腰を下ろす。今日は和真の息抜きも含め、柏田と話したくて会う約束をしていた。以前、キッズＴＯＹで会ったときもいろいろと教えてもらったが、またなにかあったら連絡して、と言われていたからだ。

「仕事忙しい？」

「まぁね。まだ研修とかばっかりで、本格的に忙しくなるのは来月からみたいだ。だからこれから土日も休めるか微妙だな。お前は？　就活《しゅうかつ》してるんだろ？」

「休みなしなんてブラックじゃん。俺は……まあ、今は子守でいっぱいいっぱい」

「子守もほどほどにな。俺のとこは土日は休みだけど、でも早く仕事を覚えたいから自主的に家で仕事してるから、休みはあってないようなもんだ」

昔から努力家で真面目な柏田だから、そんなことだろうとは思っていた。和真の予想は当たりのようである。そうしていつも和真の相談に乗ってくれる。

「あんまり初めから根《こん》を詰めちゃだめだよ？　倒れるから」

「ああ、ありがとう。それで？　なにか話したいことがあるんじゃないのか？」

柏田が缶コーヒーを手渡しながら聞いてくる。会う前に買っていてくれたようだ。呼び出した和真が気を遣うべきだったのに、スーパーで買い物をしているときでさえ気付けなかった。

そんな柏田に申し訳ないなと思いつつも、和真は聞いてもらいたかったことを話し始める。

「あのさ、学生の頃から僕が嵩美裕也のファンだったの知ってるよね？」

「ああ〜あの超イケメンの俳優だろ。最近、ドラマの番宣でテレビに出まくってるよな」

「うん。昔から好きで映像関係もいっぱい持ってるんだけど、それを見ててさ……なんか今までと違う感じになって……」

どう説明したらいいのか分からなくて、つい口ごもってしまった。両手で持った缶コーヒーの飲み口を見つめ、キュッと唇を噛んだ和真はゆっくり顔を上げる。柏田は和真の話を聞くため、こちらに集中しているようだ。

（あ～こんなこと相談して、柏田……嫌がらないかな。気持ち悪いとか思わないかな）

急に不安になり、ここまできてやっぱり言えない、と引っ込めようかとも思った。だが柏田の顔を見て、どうやら無理そうだと腹を括《くく》った。

「嵩美裕也のＢＤ見ててさ、こう……ムラっとなって、しちゃったというか……」

「え？　したって……なに、あ……まさか？」

「……うん。そのまさか」

「あ～」

隣から柏田の驚いた声と視線を感じ、顔がじわじわと熱くなる。やはりこんな相談はするべきではなかったのかも、と早々に後悔が押し寄せてきた。

「そういうのって変かな？　男の人を相手に……よ、欲情したりとか、って、やっぱ変、だよな？　あ、あの、今、言ったことはやっぱ忘れて――」

「男が恋愛対象なのか？」

和真の弁解を遮るようにして質問される。うっ、と言葉が詰まった和真だったが、少し間を置いて大きく息を吸った。

「分からない……でも、裕也さんのことを考えると、苦しくなったりいろいろ妄想したり……しちゃう、かも」

今までの妄想も考えてみれば普通じゃなかったかも、と思い始めた。ドラマの中のヒロインが自分と置き換わり、もしも裕也と自分だったら、なんて考えたりもした。

「変っていうか、驚いた。でも人を好きになるのに、男も女もないいんじゃねぇの？　俺はむしろ人間以外じゃなくてよかったとか思う」

「人間以外って……」

ははは、と和真は乾いた笑いを発した。それよりも柏田の言葉がじわっと胸にしみる。

（男も女もない……か）

手の中の缶コーヒーをギュッと握りしめた。偏見のない柏田の言葉は和真を勇気付ける。

「別に、和真が男を好きでも平気だ。俺はおっぱいが好きだけど」

「あはは、おっぱい星人じゃん」

力強い口調で柏田が言うので、思わず声を上げて笑ってしまった。少しホッとしてベビーカーで眠っている大翔に視線を落とす。その口元が微笑んでいるのに気付いて、和真も口元を緩ませた。

「なんか、大翔くんを見てるときの和真ってさ、まるで母親みたいな顔してる」

「え、そう？」

バッと和真は顔を上げると、彼は穏やかな笑顔でこちらを見つめていた。それが妙に照れくさくなって顔が熱くなった。

「……へへ」

恥ずかしさを隠すように、缶コーヒーの残りを飲み干す。

柏田が大翔のことを聞いてきたので、時間の許す限り大翔の話をした。まるでママ友と話すような内容だったが、和真にとっては息抜きもできたし不安も解消できて有意義な時間を過ごせたと思う。

研修が終われば仕事が忙しくなるので、土日もあまり会えなくなるかもと柏田に言われ、そうなる前に打ち明けられてよかったと和真は思った。

公園で柏田と別れ、和真はマンションに帰ってくる。なんだか悩んでいたことが解決したような気がして気が抜けた。実際はなにも変わっていないのだが、肩の荷が下りた気になっている。

大翔はスーパーを出てからずっと眠っていたが、ベビーカーから降ろすときに目を覚ました。

「あ～ぅ～、あ～」

「大翔、起きたの？」

くりくりの大きな茶色い瞳が和真を見つめる。寝起きがいいのかぐずらなくてご機嫌だ。

大翔を部屋着に着替えさせた。元気がよすぎて着替えだけでひと苦労だ。仰向けでじっとしてくれなくて、目を離すとすぐにうつ伏せになって移動し始める。もうすぐハイハイも始まるのかな、と和真は思っていた。

ご飯の前にお風呂に入れようとしたら今度はやたらと嫌がり、悪戦苦闘の末に終わらせた。今は穴の空いたボールを掴んで振り回し、一人遊びをしている。最近はそれが激しくて、ときどき座ったまま後ろへひっくり返ったりしてしまう。頭を打つと危険なので、後頭部にクッションのあるミツバチのセーフガードを背負わせている。その様子があまりにかわいいので、和真は何枚か写真を撮ることにした。

「大翔〜こっち向いて〜」

「んっ、んっ、あ〜うっ！」

和真の声に反応して、ものすごい笑顔でボールを振り回しながらカメラ目線だ。

「いいよいいよ〜。大翔、かわいいよ〜」

まるでモデルさんに言うような台詞を投げながら、和真自身もニヤニヤと笑顔が止まらない。一体、何枚撮影するのだ、と言わんばかりにシャッターを切る。

（裕也さんに送ろう。めちゃくちゃかわいい）

ニヤニヤしながら裕也の携帯にベストショットであろう三枚の写真を送った。仕事の疲れをこれで癒やしてもらえればと思ったが、数秒後、すぐに返信があった。

『今すぐに帰りたい』

その返事を見て和真はクスッと笑う。仕事が忙しいとはいえ、自分の息子のそういう姿を目の前で見られないのはもどかしいだろう。

（そういえば、どんな経緯で大翔が裕也さんの子供になったのかっていう話を聞かされないままだ。大翔のことでバタバタしているうちに、忘れてた）

今度、裕也と顔を合わせたときにタイミングを見て聞かなくてはと思った。

一人遊びしている大翔にミルクを飲ませ、そろそろ寝かしつけないといけない時間だ。

「大翔～ミルクの時間だよ～」

キッチンで準備をした和真は哺乳瓶を持って和室へ向かう。ミルクを飲んだら寝て欲しいのに、なんだかテンションが高い。

「ぁうっ！　あぁ～！　あ、う～、う～！」

「はいはい、これ楽しいね」

部屋の明かりを少し落とし、大翔を抱き上げて膝に乗せる。手にはボールが握られているが、口元に哺乳瓶のニプルを当ててやると口を開いて一気に飲み始めた。

「んっく、んっく、んっく……」

和真は一生懸命ミルクを飲んでいるときの声が好きだ。そのときにしっかり和真を見つめてくる目もかわいい。だから哺乳瓶を咥えている最中は「おいしいね、たくさん飲んでいい子だね」と声をかけるようにしている。

そうして長い一日を終え、大翔を寝かしつけたら二十二時を回っていた。部屋を少し片付けて、やっとひと息吐いた和真は、リビングのソファに横になりテレビを点ける。

（裕也さん、やっぱり今日も遅くなるんだよな）

寂しいな、とそんな気持ちになったが、それよりも疲労と睡魔に襲われた和真は、あっという間に意識を手放してしまった。

どのくらい眠っていたのか、大翔のギャン泣きする声でビクッとして目が覚めた。ソファで寝落ちしていた和真の体には毛布がかけられてある。

「え、大翔!?」

大慌てでソファから立ち上がって和室へ行くと、大翔を抱っこした裕也の姿があった。

「あれ……帰ってた、の？」

「ああ、ただいま」

抱っこされた大翔は夜泣きで起きたらしく、すこぶる機嫌が悪い。裕也の腕の中で海老《えび》反《ぞ》りになって泣いている。それを落とすまいと必死に抱き留める裕也は必死の様子だ。困った顔の裕也はなんだか少しかわいく見える。

「おかえり、なさい。あ、大翔こっちにもらう？」

寝起きでまだぼんやりする和真が、手を出そうとした。だが、いや、いいよ、と裕也の返事に手が止まる。

「仕事ばっかりで大翔と会えてなかったし、全部ほとんど和真に任せっきりだったし、多分、俺に慣れてないんだと思う。和真は寝てて大丈夫だよ」

「あぁぁぁーん！　あんぎゃぁー！　やん、やんやぁー！」

けたたましく泣く大翔の声が和室に響いた。それを裕也がなにやら話しかけながら体を揺すってあやしている。和真はその間にお風呂に湯を張り、軽く食べられるような食事を用意した。料理はそんなに得意ではなかったが、裕也のマンションに来てからというもの、めきめき腕を上げている。

しばらく和室から聞こえていた大翔の泣き声だったが、それが徐々に止んでいく。様子を見に行くと、泣き疲れた大翔は裕也の肩に頭を乗せ、ヒックヒックと体を揺らしている。

大翔の手には見慣れないぬいぐるみが握られていた。

「今日はそれ……持って帰ってきた」

裕也が指さした先には、みかん箱くらいの段ボール箱がある。中を見てみると、いろいろな大きさの動物のぬいぐるみがいっぱい入っていた。

「これ、どうしたの？」

「事務所に届くファンからのプレゼント。選んで持って帰ってきたんだ。番宣で最近、動物のぬいぐるみ集めにハマってるって言ったら、たくさん送られてきたから」

「そんなこと言ったの？」

「一石二鳥かなと思って」

大翔の小さな背中をやさしい手でゆっくり撫でながら、裕也が得意顔で微笑んだ。そして子守歌を小さな声で口ずさみ始める。

（うわっ！　うわっ！　裕也さんの子守歌！）

再び和真に背を向けて、体をゆらゆらと揺すりながら大翔を眠らせようとしていた。裕也の背中を見つめている和真は感動に胸を震わせる。ただでさえ甘くてやさしい声をしているのに、子守歌まで聴けたのだ。

（すごい～！　格好いい！　あ～僕にも歌って欲しい）

欲丸出しの視線を二人に向けると、その気配に気付いた裕也が不意に振り返った。目が合って鼓動が飛び跳ねる。

大翔の背中を撫でていた手が裕也の唇の前に立てられ、静かに、とそんな仕草をされる。

おまけにウィンクまでされてはたまらない。

「……っ！」

驚いて目を見開いた和真は、頭がもげそうなほど勢いよく何度も頷いた。その場にいるのが照れくさくなって、そそくさとダイニングに逃げ込んだが、大翔を寝かせた裕也がすぐにやってくる。

「やっと寝たよ。和室の扉、少し隙間を作っておいた方がいいかな」

「あ、うん。そう、そうだね。その方がいいかな」

裕也の方を見ないまま、キッチンで夜食を温めながら答える。今日は大翔の離乳食の関係で鯛茶漬けだ。大翔に食べさせるときは入念に骨を取り除いて解《ほぐ》すが、大人は違う。湯煎《ゆせん》した鯛の切り身となめろうにしたすり身、岩海苔《いわのり》と大葉《おおば》と山葵《わさび》を添えていただく。

「先にお風呂どうぞ。その間に夜食用意しておくから」

背中を向けたまま早口にそう言ったが、なぜか背後から裕也の気配が消えない。どうしたんだろう、とそっと振り返ると、腕を組んだ裕也がなにか考えるような顔つきでこちらを見ていた。

「あれ、どう、したの……？」

「いや、いつも苦労させてるなと思って」

「それはだって、僕はお仕事でシッターやってるんだから……気にしないで」

自分で言葉にしてハッとする。さっきまで熱くなって、高揚していた気持ちがスッと冷めていく気がした。

（そうだった、これ……仕事だったんだ）

育児も手探りの部分が多かった和真は、勉強することも多く試行錯誤《しこうさくご》の日々だった。おまけに裕也のマンションで彼の近くにいられるから浮かれに浮かれていたのだ。自分の発した言葉で現実に戻り、キュッと唇を噛んだ和真は振り返る。

「家のことは細部にまでは行き届かないところもあるけど、大翔のことは心配しないでいいからね」

にっこり笑って見せた。疲れていても裕也に気遣わせてはいけないのだ。家族じゃないし、仕事として引き受けているのだから。

傍までやってきた裕也に少し緊張する。いつもよりも間合いが近いのだ。

「ど、した……の？」

「疲れた顔をしてるよ」

裕也の手が和真の頬に伸びる。指先が触れ、そこから甘く痺れるような電気が走った。舞い上がっちゃだめだと思えば思うほど、和真の心臓は早鐘を打った。

「裕也さんこそ、疲れた顔、してる。お風呂入って、お夜食も食べて、眠……って」

見上げる裕也の瞳が和真をやさしく見つめている。彼のフレグランスが否応なく和真を興奮させた。裕也の腕が和真の体を抱き寄せる。心音が聞こえそうなほど頬が彼の胸に密着した。

「裕……也さん？」

「大翔の世話、本当にありがとう。和真は仕事だって言ってやってくれるけど、仕事なのはシッターだけなのに、俺のことも気遣ってくれてる」

和真は裕也のファンで好きで好きで仕方がないのだから、そんなのは当たり前なのだ。こうして触れてくれて抱きしめてくれるのなら、もっといろいろ尽くしたいと思う。

純粋に裕也を好きな自分の気持ちを考えていたその脳裏に、ドラマのＢＤを見て欲情したあの瞬間が過った。このまま抱きしめられていたら、またいけない妄想をしてしまう気がして、和真はやんわりと裕也の体を押し返した。

「あ、ごめん。男に抱きしめられてもうれしくないか」

「いやそうじゃなくて、……そうじゃ、なくて、その……時間も遅いし、裕也さんには早くお風呂に入って休んで欲しいなって、思って……」

真っ赤になった顔を見られまいと俯いた。疾しい気持ちを裕也に気付かれたくない。彼を思い、妄想しながら自分を慰め、ＢＤの中でヒロインに自分を重ねた欲望を悟られたくはない。

「そうか。ありがとう。和真は大翔の母親みたいだな。……ってことは俺の奥さんになっちゃうのか……なんちゃって」

変なこと言ってごめん、とそんな言葉を残して和真から離れてバスルームへと向かって行った。冗談でもあんなふうに言われ、どう返していいのか分からなかった。

「僕は、大翔のママにも……裕也さんの奥さんにもなれないよ」

たとえシッターとして仕事で大翔の面倒を見たって、大翔の母親に、裕也の奥さんに、二人と家族になれるわけがないのだ。

裕也のいちファンとして応援していたときなら、なにも考えず舞い上るような発言だっただろう。

つい数時間前、柏田にも同じように言われた。そのときはただうれしい気持ちと誇らしい気持ちになった。しかし今、ファン感情以上の気持ちに気付いた和真にとって、裕也の言葉は心を抉《えぐ》られるものだった。

第三章　オフは三人で

「もう準備できた？」

キッチンでお弁当の支度をしていた和真が声をかけると、まだだよ、と和室から裕也の返事が聞こえた。

今日は近くの動植物園に行くのだ。ドラマの撮影や番宣なども一段落し、丸一日オフをもぎ取った、と裕也に言われた。そんな最高のオフに家にいるのはもったいないと言い出した裕也に乗っかり、初めて三人で出かけることにした。

自宅から車で少し行ったところに、小さな動植物園がある。その隣には水族館などもあるが、大きなテーマパークや動物園と違って小規模なので人が少ない。おまけに平日というのも手伝い、見つからないだろうと踏んでの決行だった。

「裕也さん？　苦戦してる？」

「く、苦戦してる！　大翔、ちょ、待って、じっとしてて」

和室から裕也の声が聞こえてきて、和真は思わず吹き出してしまった。普段、仕事ばかりで忙しい裕也が、今日はたっぷり大翔と関わりたいから、お世話を全部やりたいと言い出した。

なのでまずは寝起きの大翔の着替えを任せた。だが朝ご飯の準備と食事、おむつ替えまでやるというのだ。

「どう、大丈夫？」

様子を見に行くと、案の定、大翔の寝返りに難儀《なんぎ》していた。

「ねえ、これ、じっとしてくれないこれ……どうしたら、あっ、大翔、お願いズボン履かせてっ」

なんとか上着を着せたと思ったら、クルンと寝返ってうつ伏せになった。元に戻すと体を捻《ひね》って上半身が動き出す。おむつの苦戦と同じである。

「うん、大変なんだよね。もうすぐハイハイすると思うよ。今はうつ伏せの這《は》いずりだけだけど、ハイハイし始めたらもっと大変だね」

クスクスと肩を揺らして笑う和真を、情けない顔で裕也が見上げてきた。手伝って、とそう言っているようだ。

「大翔〜これ、好きだよね？」

目の前にクマのぬいぐるみを出した。両手を伸ばして欲しがる大翔はクマを掴もうとしている。つい数日前に裕也がファンからのプレゼントだといって事務所から持ち帰ったもののひとつだ。その中でもテディベアっぽいクマが大翔のお気に入りである。焦《こ》げ茶色に赤いリボンを首に巻いていてとても愛らしい。

「んー！　あた、あたぁー！　んまっ！」

まん丸の瞳がクマを見つめてキラキラしている。ズボンを履かせるまで大翔の手に届くか届かない高さで持っていた。裕也がなんとかソフトデニムを履かせ終わると、見計らったタイミングでクマを大翔に握らせた。

「あ～う～、ったぁ～ぁ～」

手に持ったクマの耳を口に含んで噛んでいる。近頃は前の歯が生え始めていて痒《かゆ》いのか、手に取ったものは全て口に入れるようになった。口の中でそれがなにかを確認する意味もあるのだろうが、そのせいで和真は周囲に置いてあるものには特に敏感になっている。

「よかったね、クマさんだねぇ」

表情も豊かになり笑うことも増えてきた。大きな茶色い瞳に見つめられると、つられてこちらも笑顔になる。裕也や和真が笑うと、それを真似てなのか大翔も笑うのだ。

「そろそろおむつもパンツ型になりそうだね」

ソフトジーンズのズボンを履かせるや否や、寝返りを打って上半身を起こしてその場に座る。

和真は大翔の洋服が入った棚から後頭部ガードのミツバチを持ってきて背負わせた。

「これさ、激的にかわいいよな」

この間、ベストショットな大翔の写真を送ったときも裕也は思ったらしい。

「うん。キッズTOYに行ったとき、絶対に似合うと思って買ったんだよ」

「あんまぁ～、あん～、あぅあぅあ～」

手にクマを持ったまま、頭を右に左に振り始めた。それが楽しいのか、たまにそういう動きを一人遊びのときにしている。

「もうできてるから、裕也さんは大翔にご飯を食べさせてもらえる？　僕はお弁当の準備の続きをするかな」

「任せて。何回かやってるし、もう大丈夫」

自信ありげな顔で頷き、大翔のエプロンが置いてある場所へ歩いて行った。和真は大翔の離乳食をプレートへ用意するためにキッチンへ向かう。

今日は三品だ。大根と人参を小さく切ってレンジでチンする。鍋に出汁《だし》を作り焼き鮭《ざけ》の身を解したものを入れ、レンジでチンした野菜を投入。全体がやわらかくなるまで煮て、途中でおかゆも入れる。味はお醤油《しょうゆ》を数滴落として薄味で完成。

あとは昨日の夕食で食べた豆腐の味噌汁の具だけをお椀に取り、ボイルしたほうれん草を細かく刻んで入れた。もう一品はかぼちゃの煮物だ。これはなにもしなくてもやわらかいので楽である。今回はちょっと量が多かったけれど、好みの味だったのか以前も大翔はもりもり食べてくれた。

このメニューは動画サイトで、子育てママが作っていたメニューである。それと全く同じ物を作った。だがしかし……。

「和真、大翔が食べない」

腕に大翔を抱っこしてキッチンへ裕也がやって来た。今まではよく食べてくれていたのに、急に食べないなんておかしいなと思った。

「もしかして、初めて食べる食材が入ってる？　それとも味かな」

裕也がベビーチェアに大翔を座らせた。首からシリコンエプロンを下げ、機嫌はよさそうだ。和真はプレートの離乳食をスプーンで掬い、大翔の口元へ持って行く。

「大翔、はい、あーんして」

「……んっ！」

口を開かないどころか、唇に触れたスプーンを舌で押し出して拒否する。そしてクルッと明後日の方向を向いてしまった。そちらにスプーンを持って行くとやっぱり顔を背けられる。何度やっても同じだ。

「なんで食べてくれないんだろう。お腹減ってるはずなのに」

和真は今までと違う大翔の反応に困惑する。今度は裕也にバトンタッチだ。かぼちゃがだめなら、比較的味の濃い鮭の身を軟飯《なんはん》と一緒に掬い上げ口元へ。だが大翔は口を開けなかった。唇に少し付いた鮭の身を舌で外へ押し出すようにされてしまい、これもだめだ。

「う～ん、大翔、おいしいよ？　ほら」

「ん～、ぶ～」

裕也が大人用のスプーンで掬って食べてみせる。それでも興味を示さなかった。仕方なく離乳食を下げることにする。

「これじゃあ栄養が足りないかもだし、なにも食べないで出たら絶対お腹が減ったって泣くよね。困ったな。ミルクを持ってこようか」

和真はキッチンでミルクの準備をしている間、大翔は手に持ったスプーンでテーブルを叩いている。音が出るのが楽しいらしい。

仕方なくミルクの入った哺乳瓶を渡すと、それは自分から掴んでゴクゴクと飲み始める。どうやら今日は離乳食よりミルクが欲しかったらしい。それを見て和真と裕也は同時にため息を吐いた。恐らく思っていることは同じだ。

赤ちゃんって不思議、である。

オフの朝はこんなふうにバタバタ始まったが、十時を過ぎる頃にはすっかり準備が整った。一人遊びをしていた大翔は、午前中のねんねの時間を迎えていた。

「裕也さん、寝てる間に移動しよう」

「そうだな。この様子だと抱き上げても寝てそうだ」

和真と裕也は、子供布団でうつ伏せになって眠っている大翔を見つめていた。予想通り、大翔は抱き上げてもチャイルドシートに固定しても起きなかった。

白のレクサスの後部座席に付いているチャイルドシートは、少し大きめで回転するタイプだ。車で出るときは大抵は裕也が運転するが、オフがほぼないのでこのチャイルドシートも使用回数は数えるほどである。

「大きいと楽だね」

後部座席に座ってチャイルドシートを横に向ける。肩と腰のハーネスで固定されて窮屈だろうが、眠っているからストレスもないだろう。初めてこのチャイルドシートに乗せたときは、うつ伏せが好きな大翔はかなり嫌がった。

レクサスは順調に国道を走り、渋滞もなく予定より早めに目的地に到着する。大翔はまだ眠っていたが、チャイルドシートから下ろすときに目を覚まして、タイミングはばっちりだ。

「あ～う～、んたぁ～あ～」

「うん、降りるからね～」

寝起きだが妙にご機嫌な大翔は、手にクマのぬいぐるみを持っていて、ときどきそれをじーっと見つめている。ベビーカーに大翔を移動させると、運転席から変装した裕也が降りてきた。

「これで分からないよね？」

長い足は黒のスリムジーンズに包まれ、上着は白いシャツの上に胸元が大きくV字に開いた目の粗《あら》いネイビーのニット。そしてサングラスに黒の中折れ帽姿だ。至って地味な格好なのだが、手足も長くスタイルが尋常じゃなくいいので目立つ。

「なんだろう……変装してるはずなのになんでか目立つよね」

「えっ！　地味な格好なんだけどな。大丈夫かな」

和真は自分の服装を上から眺め、裕也とのあまりの落差に笑いそうになる。全てノーブランドの安ものだ。別にみっともない格好をしているわけではない。

靴は白のスニーカーで履き古しているし、黒のスラックスも随分前に買ったものだ。白黒ボーダーのシャツと、その上に濃紺の薄手ジャケットを着ている。至って普通のファッションだ。

「僕らと距離を置いて歩いたら、バレても大丈夫なんじゃないかな」

「え？　なに言ってるんだ。せっかくみんなで来てるのに、一緒に回らないでどうするんだ」

「まぁ、そうなんだけど……」

最悪、裕也だと正体がバレても周りに誰もいなければスキャンダルに繋がることもないだろう。ただ、どうして一人でこんな場所に来てるのか？　と変な疑問は持たれるかもしれない。

あのだだ漏れるオーラを消さないと絶対バレるよ、とそんな言葉はグッと飲み込んだ。

万が一、裕也の正体がバレそうになれば全速力で離れよう、と和真は考えていた。

平日の動植物園は予想に反して人が多かった。同じようにベビーカーを押した若いママ軍団だ。

（参ったな。こんなに人がいると思わなかった）

来てから後悔したが、大型テーマパークよりはまだましだと自分に言い聞かせる。

四月下旬の晴天は気持ちがよく、和真の警戒心を簡単に連れ去っていく。頬に当たる風が当然のように油断を誘った。

「よし、行くか」

裕也のかけ声と共に和真はベビーカーを押し始めた。集団で入って行くママ軍団を見送って、少し時間をずらしていろいろな動物の絵が描かれた入場門を潜り中へ入った。

「あたぁ～、あ～たぁ～」

手に持ったクマのぬいぐるみを上下に振りながら、なにか楽しげに喋っている。ベビーカーを覗くと、茶色の目をキラキラさせながら周りを見ているようだ。サンシェードを少し上げて、景色が見えやすいようにしてやった。周りは木々が半分ほど太陽光を遮っていて、日陰を歩けばいい具合に日差しが防げる。

入り口でもらったマップを裕也と一緒に覗き込む。どうやらいろいろなゾーンがあるようだ。そのエリアごとに色分けされてあり、そこには動物のシルエットでなにがいるかが記されてあった。

入って初めのエリアに到着する。そこには様々な種類の小動物がたくさんいるようだ。触れ合えるようになっていて柵も大人の腰くらいまでしかない。

「裕也さん、見て見て！　ウサギがいっぱいいる。向こうはモルモットかな？」

「ふさふさだな。それに想像より大きい」

「ん～！　ん～」

　大翔はベビーカーから体を乗り出すようにしている。手を伸ばしているところを見ると、なにかを掴みたいらしい。しかしハーネスが体を固定しているので叶わない。

　二人は足を止めて触れ合っている子供たちをしばらく眺めた。大翔にはまだ少し早いかもしれないが、試してみようと思い立つ。

「ん～、あう、あう～」

「ねえ、僕が大翔を抱っこして、触らせてみるのはだめかな？」

「ウサギくらいなら平気じゃないか？」

　裕也の言葉ににっこりと微笑んだ和真は、ベビーカーのハーネスを外して大翔を抱き上げた。

「大翔～ふわふわウサちゃん、触ってみようか」

　抱っこしたまま係員の人に柵を開けてもらい中へ入った。ベンチに腰を下ろした和真は、大翔を膝の上に座らせる。初めて来る場所に興味津々だ。

「ウサギさんですよ～」

　係の人が大人しい白ウサギを近くに連れてきてくれた。大翔が自ら手を出さないだろうと思っていたが、意外にも手を伸ばす。

「う～、ん～！　あ～ぅ」

「触ってみる？」

大翔の手をウサギの体に近づける。開いた手が毛に触れた。不思議な感触に目を輝かせている様子だ。しかし次の瞬間――。

「あっ、大翔、ぎゅってしちゃだめだよっ」

なんでも掴んで確認しようとする時期で、ウサギの毛を確かめたくて握ってしまったようだ。もちろん力加減なんてできない。慌てて大翔の手を開かせる。

「ウサギさんはやさし～くなでなでするんだよ」

もう一度、大翔の手をウサギの体に近づけ、今度は和真が補助して撫でる。上手くできたね、と係の人にも褒められたが、大翔は自分の手に感じたものがなにかを確認するように、自分の手の平を見つめている。

「ありがとうございました」

和真は係の人にお礼を言って立ち上がる。大翔がウサギを触った手を口へ入れる前に、念のためウェットティッシュで拭き取った。

しばらく大翔を抱っこしたままその柵の中を歩き、モルモットや山羊《やぎ》、ヒツジやカピバラを一緒に見て回った。奥の方にはアルパカや大きな馬が見える。どうやら乗馬体験もできるようだ。

　和真は常に大翔に話しかけ、動物の名前やなにを食べるかなどを教えてあげる。

「あれはカピバラさんだよ。おっきいね。でも大人しくてやさしいんだよ。お名前はピッピちゃんだって。女の子だよ」

　和真はカピバラを指さして説明する。大翔はカピバラに手を伸ばすが、さすがに触らせるわけにはいかない。次はモルモットの方へ近づいたが、大人気で空《あ》きがなさそうだ。

「モルモットさんはまたあとで来ようね」

「あ〜う、んま、んまっ！」

　モルモットにも手を伸ばしていた大翔だったが、他の家族が触れ合い中だ。あとは山羊とヒツジとロバの柵の前で、大翔に動物の説明をして触れ合い広場を出る。

「お待たせ。大翔がウサギを握りしめたときは焦った〜」

「うん、見てた。和真も焦ってたな」

　裕也が笑いながら言い、とてもやさしい視線で和真を見つめていた。大翔を見ているのかと思ったが違うようで、ときどき感じるやわらかな眼差しが和真に注がれている。

（裕也さん、僕のことよく見てる、よね？　大翔じゃなくて、僕なの？）

　そんな視線を意識すると妙なぎこちなさが生まれてしまう。密かに裕也を思う自分の気持ちを悟られそうで、心拍数がポンと跳ね上がる。

今度は裕也が大翔を抱っこする？　と言おうと思ったが、先ほどの触れ合い広場でも係の人や先に入っている家族が裕也を意識していたのを、和真は見逃していない。

（心配なのは、裕也さんが嵩美裕也だってバレることだから、やっぱり抱っこは無理かな）

大翔をベビーカーに戻した途端、顔をくしゃっと歪ませた。

「ふえ……んあぁーん！」

「どうしたの？　ベビーカーいやなの？」

和真が抱き上げるより早く、裕也が腕を伸ばす。さっきまで泣き顔だった大翔は、もうなにもなかったようにご機嫌になった。あまりの変わりように和真はぽかんとしてしまう。

「現金だなぁ。さっきのは嘘泣きなの？」

和真は唇を尖らせてあからさまに不満の表情を浮かべる。しかし裕也が大翔を腕に乗せ、陽の光に照らされている二人を見ていると、やはり親子だというのを意識させられた。

大翔は日本人よりうんと色素が薄いから、海外の血が入っているとすぐに分かる。それは裕也の見た目も同じなので、二人でセットになるとやたら絵になった。

（大翔のママ、まだ見つからないのかな。あれから伯母さんからも剣崎さんからも連絡ないし、裕也さんからも話を聞いてない）

タイミングを見て、今日の夜にでも聞いてみたいと思っていた。しかし心のどこかでは、大翔の母親がこのまま見つからなくてもいいかも、と考えてしまう。

大翔のことを思えば母親がいる方がいいはずなのに、今の生活は大変だけど楽しくて終わって欲しくないと思ってしまうのだ。

（これただの仕事で僕は雇われただけだから、そう思うのはエゴ……だよね）

楽しく長閑《のどか》な空気の広がる動植物園の中にいて、一人だけ別の世界に包まれたような陰鬱とした気持ちになってしまい、ハッとする。

「ねえ、あの人、嵩美裕也じゃない？」

和真を現実に戻したのはどこかから聞こえた、そんな女性の声だった。

「こら、大翔、帽子はだめだって。あっ、サングラスはもっとだめだ」

「あーっ、ん〜、うーぁ！」

裕也の身につけているものが気になった大翔が、それを奪いにかかっている。初めは帽子を引っ張り、それがだめとなるとサングラスに手を伸ばしていた。裕也の片腕は大翔を乗せているので動かせない。右手で帽子を押さえたらサングラスを、サングラスをかけ直すと帽子を掴みにかかる。どちらも同時に押さえられない裕也は苦戦中だった。

「裕也さん、大丈夫っ⁉」

「や、無理……っ、あっ！」

裕也の隙を突いた大翔がサングラスを取り上げて、そのまま振り上げ放り投げた。完全に顔が出てしまった。

「あ、やっぱり裕也だ」

触れ合い広場の家族の誰かがそう呟いた。

（まずいっ！）

和真はサングラスを慌てて拾い上げ、ベビーカーの持ち手を握った。

「裕也さん、バレた！　逃げよう！」

「えっ、あ、ＯＫ！」

お互いに顔も見ずに言葉を交わし、和真は精一杯ベビーカーを押して走り出す。裕也は大翔を腕に乗せたままその横を駆け出した。

「まさか大翔が変装を解くとは思わなかった」

「僕はなんとなく、バレる、気が、してた」

「きゃっ、きゃぁっ、きぁあ！」

抱っこでこんなに走った経験がない大翔は、体が揺れるのとスピードが楽しいのか、終始キャッキャと笑っていた。こんなに笑う大翔を初めて見たので、途中から和真も裕也も楽しくなってしまった。

「なんだよ、大翔、笑いすぎだって」

「大翔、楽しそう、だね」

お互いに息を切らせながら走り、ようやっと草原ゾーンまでやってきた。途中の小動物ゾーンは当然すっ飛ばした。

「はぁ、はぁ、はぁ……追いかけて、来てないよね」

息を切りながら立ち止まった和真たちは、近くのベンチに腰を下ろす。幸い付近に人の気配はない。はぁ、と大きく息を吐いて落ち着いた。

「走ったな……。大翔が笑いすぎるから、俺も途中で笑いが止まらなくなった」

「僕は二人が笑うから釣られておかしくなった」

「あ、あ、う～！」

大翔がまだテンション高くなにかを喋っている。和真は拾い上げたサングラスを裕也に渡し、その代わりに大翔を受け取った。

「バレちゃったけど、どうする？　この先、回る？」

裕也を見上げて和真が聞くと、サングラスをずらしてこちらを見下ろし、当たり前だよ、と言われた。その仕草があまりにも格好いいので思わず見惚れ、そして我慢できずに頬が緩んでヘラッと笑ってしまった。

「うん、じゃあ、回ろう」

照れくさい気持ちを誤魔化すように立ち上がった和真は、今度はベビーカーを裕也に任せる。大翔を抱いていてもベビーカーを押していても、絵になる裕也はすごいなと思ってしまう。

「そろそろ昼近いし、早めに昼食にしようか。和真の手作り弁当だな」

「うん、人気《ひとけ》のないところってどこだろう。あ、手作りっていってもあんまり期待しないで。普通のしか入ってないから」

「いいんだって。そういうの、食べたことないし」

三人で昼食が摂れそうな場所を探しながら歩き始める。草原ゾーンには緑の芝生が広がっていて、そこには鹿《しか》が放されていた。その草原ゾーンを囲むように、オオカンガルー、シマウマ、キリンなどのエリアが併設されている。

「お弁当って食べたことない？」

「ロケ弁ならいやってほど食べたけど、手作りの母の味、みたいなのはないな」

「そうなんだね」

そういえば裕也の両親は二人とも俳優で、売れっ子だったのは知っている。もしかしてその関係でお弁当などは作ってもらった経験がないのかもと和真は思った。

「俺の母が夢野レイナだって知ってるだろ？」

「うん。イタリア系のハーフの人だったよね」

「そうそう。俺を生んで子育てもそこそこに仕事復帰したから。学校行事なんて来なかった。だから母の手作り弁当なんて食べたことないよ」

「じゃあ運動会とか、遠足のお弁当……どうしてたの？」

「専属の家政婦さんがいてさ、その人が作ってくれてた。手作りといえばそうだけど、意味が違うだろ？」

「まあ、そうだね。母の味ではないし」

「だから、和真が作ってくれたのが素直にうれしい」

「でも、僕のだって母の味じゃないよ？」

顔が徐々に熱くなるのを感じ、手持ち無沙汰《ぶさた》を大翔の手遊びで発散させながら控えめな口調になった。隣に座っている裕也がクスッと笑うのが聞こえる。

「和真は俺の母親じゃないけど、大翔のママって感じだよな。俺もそれに乗っかろうかなって」

「えっ、僕が大翔の、ママって……そんな、僕、男だし」

「まぁね。でもやってることは世のお母さんと同じだろう？　いわゆる……イクメン？　ってやつかな？」

裕也があまりにうれしそうな顔でそう言うので、照れくさくなって思わず下を向いた。

「とにかく、作ってくれたお弁当は絶対に食べるってこと」

裕也が勢いよく立ち上がった。

春の風が裕也の帽子を連れ去ろうとする。それを押さえた彼が和真を見下ろし微笑んだ。まるで写真集の一ページを見ているような錯覚になる。

（格好いいな、クールな裕也さんもいいけど、自然に笑ってる方がもっといい）

心の中で好きだな、ともう何度呟いたか分からない気持ちをまた繰り返す。

胸が締め付けられるような苦しさと、切ないもどかしさがない交ぜになっていく。もう誰に確認するでもなく、これは完全に恋であると、和真は分かっていた。

「行こう、和真」

「……うん」

ベビーカーを押して歩き出した裕也の後ろを、和真は大翔を抱いたままついて行く。今この瞬間で時間が止まってしまえばいいのにと、そんなことばかりを考えていた。

移動した和真たちは、昼食が摂れる広場にやってきた。まだ時間的にお昼前ということもあり、人があまり集まっていない。これなら裕也がサングラスを取ってもバレないだろうと考え、より目立たない場所を陣取って食事を摂ることにした。

裕也はなんの変哲もない、和真が作った普通のお弁当に感動していた。あまりに褒めるので逆に恥ずかしくなってしまうほどだ。

「いや、そんな大げさなものじゃないってば」

並んでいるお弁当は、スパゲティにミートボール、卵焼きと唐揚げにアスパラの肉巻きだ。あとはベーコンサラダにデザートはオレンジを切ったものを持ってきた。もちろん大翔用の離乳食とミルクも準備万端である。

「大翔のは今日は市販の離乳食だよ。これ好きだよね」

ひらめと緑黄色野菜を、おかゆと一緒に魚介ブイヨンでじっくり煮込んだチーズ風味のリゾットだ。以前、試しに食べさせたとき、ものすごい勢いで食べたのでこれをチョイスした。

「あ〜あっ！　あっ、ぁ〜うっ！」

離乳食を器に移して、スプーンを大翔の口元へ持って行くと、自分から体を傾けて食べてくれる。よほど気に入っているようだ。大翔にとって外での食事が新鮮なのもあったのか、いつもよりたくさん食べてくれた。

「これ、おいしい」

その隣では和真が握ったおにぎりを手にして、右手に持ったフォークでミートボールを追いかけている。

「それ、僕が作ったんじゃなくて、出来合いだよ。食べるなら卵焼きにして欲しいかも」

「卵焼き？　おいしくって全部食べちゃった」

「えっ、うそ。あ、ほんとだ」

「和真の分、食べちゃってごめん」

申し訳なさそうに謝られたが、その様子が妙にかわいくて怒るに怒れない。

「いいってば。僕は他のでも足りるから」

「ほんと、お弁当ってこんなにおいしいんだな」

しみじみと言われた。裕也の顔は本当に幸せそうで、喜んでもらえたなら和真も一生懸命作った甲斐があるというものだ。

外でお弁当を食べるという、たったそれだけのことなのに、大翔も裕也も和真もものすごく満足していた。少し食休みの休憩を取って、人が集まる前にその広場を離れた。大翔はベビーカーに乗って、少し眠そうにしている。

「色んな動物を見て、ご飯もたくさん食べて、疲れたかな？」

和真はベビーカーの前にしゃがんで大翔の顔を覗き込む。大きく開いた口があくびをする。目を擦る仕草を見せ、寝てしまうのは時間の問題のようだ。

昼食を摂ったあとは、行っていなかったエリアを回ることにする。大翔は夢の中に誘われ、なんだか裕也とのデートになってしまった。そう気付いたのは隣の水族館エリアに入ったときだった。そんなに大きくないので、見られる生き物は少ない。だがペンギンのエリアで下から見上げるトンネルに差しかかったとき、思いがけないことが起きた。

「ペンギンが空を飛んでるみたいだな」

そう言って裕也が和真の手を握ったのだ。驚いて思わず隣の裕也を見上げたが、彼の視線は上を向いていて、ペンギンの動きを追っている。

「うん……。飛んでるみたい」

和真も裕也の手を握り返した。全身が心臓になったかのようにドキドキしていて、その僅かな時間がまるで二人だけの特別な時間のように感じられた。

しかしそのトンネルに他の人が入ってきたため、和真は裕也の手を強引に離す。

「次行こう。裕也さん」

ベビーカーを押して歩き出した和真の後ろを、裕也がなにも言わずに付いてくる。そうして水族館を回っているうちに、一時間ほどで大翔もお昼寝から目を覚ました。時間が許す限り、三人でいろいろと見て回ることができた。すると出口付近までやってきたとき、裕也がふと足を止める。

「和真、あそこでお土産《みやげ》を買って帰ろう」

裕也が指さしたのは小さな売店だった。店の外に置かれたワゴンには、いろいろな動物のぬいぐるみキーホルダーが並んでいる。

「いいね。大翔も動物が好きみたいだし」

和真たちは店の前のワゴンに近づいた。並んでいるのはレッサーパンダやキリン、この動植物園にはいないはずのトラやゾウ、ライオンまである。一つ一つ手に取って大翔の目の前に出してみた。一番興味を持ったのはトラだった。

和真はレッサーパンダを選び、大翔はトラ、裕也がキリンを選んだ。家で動物園ごっこができそうなレパートリーだ。

夕方に差しかかった動植物園は、どこもかしこもオレンジ色に染められている。理由もなくノスタルジーな気持ちになり、今日一日の出来事を頭の中で反芻《はんすう》して懐かしむ。

（ほんの数時間前のことなのに、ずっと昔の出来事みたいに思えちゃう。不思議だな。……でも本当に楽しかったなぁ）

帰りの車の中で、大翔は心地いい車の揺れに再び眠りに誘われてしまったようだ。隣に座っている和真にも、同じように気持ちのいい疲労感が睡魔を運んでくる。

「疲れた？」

運転する裕也がバックミラー越しにこちらを見ながら、声をかけてくる。どうやら和真は知らない間にウトウトしていたらしい。

「あ、ごめん。寝そうになってた」

「いいよ。着いたら起こすから」

「でも、裕也さんだって疲れてるのに、その上運転までしてるし……」

和真はそう言いながら後部座席で座り直す。隣で気持ちよさそうに眠る大翔を見やって、口元が綻《ほころ》んだ。

「確かに俺も疲れてるけど、仕事のときの疲れとは全く違う気持ちいい疲労かな。だから運転だって苦にならないし、後部座席で二人が寝てても平気」

バックミラーに映る裕也が笑顔になる。どこまでもやさしい彼の言葉や行動に否応なく惹かれてしまう。叶うはずのない恋心が切なく胸を締め付けた。

「……うん、ありがとう。裕也さん」

とびきりの笑顔を作ってバックミラーを見つめ、満足げな目をした裕也にホッとする。

そんな彼の涼しげな目元を見ながら、和真はゆるゆると瞼を落としていった。

マンションに到着して起こされるまで、和真は車の後部座席でぐっすりと眠った。部屋に入ってしばらくすると大翔も目を覚ます。起きている間に俺が風呂に入れるよ、と裕也が申し出てくれた。今はご機嫌な歌がバスルームから聞こえ、なんだかこっちまで楽しくなる。

（裕也さんのあの歌、初めて聞いたけどなんてタイトルだろう）

それを聞きながら大翔のお風呂上がりの準備をする。大きめで吸水性のいいやわらかいバスタオルと、ベビーオイルにベビーパウダー。水分補給はミルクだ。いつものアイテムを揃えた頃、バスルームから裕也の呼ぶ声が聞こえる。

「大翔、上がるよ～」

「はーい」

バスタオルを持って戸口まで行き、大翔の体をまるっと包む。湯気《ゆげ》に霞んでいるとはいえ、裕也の裸が視界に入るのでやっぱり照れくさくて直視できない。

「はい、大翔～ホカホカだね～」

「あーう、ん～ぅ」

すっかり綺麗になって気持ちよさそうだ。風呂上がりのケアを終えて、今日は耳と鼻のお掃除をした。風呂上がりにするのがいい、とネットにも書いてあったのだ。

大翔に哺乳瓶を持たせてミルクで水分補給をしていると、最後まで飲みきらないうちにウトウトし始めた。掴んでいる手の力が抜け、哺乳瓶がお腹の上に転がる。自《おの》ずとニプルも大翔の口から飛び出す。

「もうねんねする？」

和真がそう声をかけるとまた哺乳瓶を掴んで飲み始め、睡魔に抗《あらが》い葛藤《かっとう》する姿がかわいくてたまらなかった。

「おいしいけど、眠いねぇ。おめめ閉じそうだよ」

大翔の顔を見つめながら話しかける。茶色の大きな瞳が、何度も瞼に覆われる。ミルクも吸ったり吸わなかったりし始めると、完全に目を閉じてしまった。

「寝ちゃった？」

背後から囁くような声がして、その気配が近づいてきた。大翔を挟んだ向かい側に裕也がバスローブ姿でしゃがむ。まだ髪は濡れたままだ。

眠ってしまった大翔から、和真はそっと哺乳瓶を取る。

「飲みながら寝ちゃった。あれ、裕也さんお風呂は？」

大翔を先に預かったので、そのあとにゆっくり入るのかと思っていた。だがやけに早く上がってきたようだ。

「ああ、また入り直すよ。風呂上がりのケアを見たくて来たんだけど、もう終わってた」

手慣れたもんだな、と言われて、まぁね、とちょっと得意げに返事をする。

こうなるまでは結構大変だったし、柏田にも何度か聞いたり、本やネットでいろいろと調べたりもしたのだ。ネットの情報を鵜呑みにするのは怖いが、ママ友やママ先輩にアドバイスはもらえないし手探りの自己流である。

「手早くしないと、今みたいにミルク飲みながら寝ちゃうから」

「そうか」

和真は大翔に布団をかけ、部屋の明かりを落とす。静かに部屋を出て和室の引き戸を半分ほど閉めた。

「裕也さん。大翔と一緒に入るとゆっくりできなかっただろうし、背中でも流そうか？」

慌ただしい入浴では日頃の疲れも取れないだろう思い、和真の口から自然に出た気遣いの言葉だった。

「いいの？　じゃあ和真も一緒に入ろう」

「あ、うん。えっ⁉」

バスルームの手前で止まった裕也が振り返って右手を差し出し、和真を誘ってくる。こんなことは初めてだった。

「あ、えっ……と、一緒……に？」

「そう。背中を流すのなら、一緒に入った方が効率的だろ？　俺と一緒はいやかな？」

「い、いや……ではないけど、なんていうか、は、恥ずかしい？　というか、えっと……」

戸惑っているうちに、手を掴まれてバスルームに連れて来られた。バスローブの下にはなにも着ていなかったので、バサッとそれを脱ぎさるだけで裕也はあっという間に全裸である。しかし和真は……。

「あ、あのっ！　い、一緒に入るから、さき、先に入ってて……！」

和真は顔を背けながら、裕也をバスルームの扉に向かって背中を押す。男同士だからそこまで照れなくていいのに、と裕也が呟きながら湯気に消えた。裕也をバスルームの中に押し込んで、和真はホッとひと息吐く。ノロノロと服を脱ぎながら、あとから入る方が恥ずかしいのでは？　と気付いてしまった。

（一緒に入るとか……絶対こんな、こんなっ！）

貧弱な体が洗面所の鏡に映る。裕也は体作りにも妥協しないのを知っているから、きっと横に並んだらそのギャップにへこんでしまうだろう。

（ええい……っ、ここまできてそんなこと考えても仕方ない！）

鏡の前でガッツポーズをした和真は、意を決してバスルームの扉を開けた。シャワーを頭から浴びていた裕也が振り向く。なにかのドラマで見たようなワンシーンがそこにあった。

「ほら、そんなところに突っ立ってないで、こっちおいで」

腕を掴まれて引っ張られる。足元がおぼつかなくて躓くと、和真の上半身は裕也の腕に支えられていた。ちょうど胸の尖りが彼の腕に押し付けられる格好だ。

「あ、あの……っ」

「危なっかしいな。こんなところで転んだら怪我するよ？」

自分が引っ張っておいてよく言う、と内心そう思う。

肌と肌が密着して、その間をシャワーの湯が流れていく。顔なんて上げられなかった。かといって下を向くと裕也の股間が目に入るので、明後日の方向へ顔を向ける。

「聞いてるの？」

ふわっと顎先を掬い上げられて、強制的に裕也と見つめ合う。濡れた髪はオールバックになっていて、頬はほんのり色付いている。長い睫毛も湯を滴らせ、神々しいくらいに色っぽかった。

「き、聞いてる……ます」

「ふふ……言葉使い変になってるよ？」

裕也が肩を揺らして笑っていた。その一瞬一瞬がまるで映画のフィルムを見ているようで、夢の中にいるのではと錯覚させられる。

「じゃあ、背中流してもらおうかな」

「あ、ああ、はい！」

クルッと背中を向けて、傍にあったバスチェアに裕也が腰かける。今のタイミングで後ろを向いてくれてよかったと思った。もしあのまま見つめられたら、動揺してどんな失敗をしでかすか分からない。

（心臓に悪い……っ！）

ボディスポンジにソープを垂らし、手の中でモコモコと泡立てる。邪念よ消え去れといわんばかりに集中していると、裕也の背中が震えているのに気付いた。

「あの、裕也さん？」

「なにその顔。も……っ、面白いんだけどっ」

鏡越しに顔を見られていたようだった。一体どんな表情で泡立てていたのかと我に返る。

よく考えたら鏡越しに裸を見られていると気付いて、そちらの方が恥ずかしかった。

「も、あんまりからかわないでよ」

裕也の体の後ろに隠れるようにしてしゃがむと、無駄な肉の付いていない筋肉質な背中にスポンジを置いた。

（すごい、硬い……）

湯に浸かってもいないのに、すでにのぼせそうである。このままではまずいと感じた和真は、今の雰囲気を打ち消すために口を開く。

「あの、裕也さん」

「ん？」

鏡に映る湯気にかすんだ彼の顔は、気持ちよさそうに目を閉じている。

「大翔のママはまだ見つからないんですか？　大翔がこのマンションにきてもう一ヶ月半……そろそろ二ヶ月になるのに」

「ああ……剣崎さんに聞いてはいるんだけど、見つからないらしい」

「そう、なんですか……」

「自宅にはずっと帰っていないらしいし、仕事も辞めてる。全く行き先が分からないから、興信所《こうしんじょ》を使うと言ってた」

住所と仕事先が分かるのに、本人の姿がない。探しても見つからないなんて不安が募った。もしかしたら……と不吉な考えが頭を過る。

「大翔のママは、大翔に会いたくないのかな……」

裕也の背中を擦っていた手が止まった。どんな状況であれ、子供をあんなふうに手放す理由など、男の和真にだって理解できない。

「そうだな。それは本人にしか分からない。だからその間は俺たちがたっぷり愛してあげるしかないよ」

鏡越しに裕也が微笑んでくる。その笑顔を見て和真も口元に笑みを浮かべた。

「ほら、次は俺が和真を洗う」

「え？」

目の前に座っていた裕也が立ち上がって振り返る。しゃがんでいた和真の目の前に、裕也の立派な雄が迫った。今回はばっちりとなんの霞もなく直視である。

「うわっ！」

慌てて顔を反して横を向いたが、網膜に張り付いて離れないのは裕也の美しい形だ。

（なに？　すごく綺麗な形してた……。え？　格好いい人ってあそこまで格好いいものなの？）

そんな馬鹿なことを考える。理想的な大きさと長さと形だった。元々薄いのか、それともちゃんと処理をしているのか、毛一本なかったのだ。

「ひどいな～自分だって同じの持ってるくせに、そんな避けることないだろ？」

「同じ!?　同じじゃないよ！　だってそんな、綺麗じゃないもん……っ」

「またまた……そこまで言うなら見せて」

「……へ？」

　頬が引きつり、笑顔と焦りと困惑が混じった顔で裕也を見上げた。むっつりと口を閉じた顔の彼は、手の平を上に向け、指先をちょいちょいと動かして和真に立つことを促してくる。それに逆らえない和真はしぶしぶ立ち上がったが、両手は体の中心を押さえていた。

「俺は見せているのに、和真は隠すの？」

「だ、だって！　裕也さんと並んだらほんとにお粗末《そまつ》で貧弱で見せられるようなものじゃないから」

「どう感じるかは俺が決めることでしょ？　じゃあ、直接見ないってことならいい？」

「え？　どういう……」

　困惑している和真を鏡の付いている壁へ体を押し付けてくる。自然に両手で壁を突っ張る格好になってさらに分からない。

「な、なに？」

「ほら、鏡越しなら恥ずかしくないだろ？」

後ろから覆い被さるようにして裕也が抱きしめてくる。背中にしっとりとした肌を感じ、瞬間的に興奮が膨れ上がった。キッチンでも同じようなことをされ、散々匂いを嗅がれたのを思い出す。

「あ、は、恥ずかしく、ない、けどその……せ、背中が……」

「背中？　それより見て。ほら、いい形してるんじゃない？」

裕也の手が後ろから回ってきたかと思うと、和真の性器をスルリと手の中に包み込んだ。

「あっ！」

慌てて腰を引くと、尻に硬いものが当たった。それはさっき見た裕也の屹立《きつりつ》だろう。しかもなぜか硬度をしている気がした。

（え？　なに？　なんでこんなことに、なってる？）

鏡に映る自分の顔が真っ赤なのが分かる。浴室が暖かいからなのか、それとも裕也に性器を握られ、尻に彼を感じているからなのか。もう頭の中はパニックだった。

「ほら……形は悪くないよ。ちゃんと剥けてるし太さはないけど長さは十分じゃないか？　ねえ和真……硬くなってきた」

「や……っ、だってそんな、裕也さんがそんな……っ、さわ、触る、からっ」

「だって触ってみないと分からないだろ？　あれ……ソープつけてないのに、ぬるぬるするのって……」

肩越しに下を覗き込まれ、さらに尻に硬いものが押し付けられた。裕也の手で捏ね回され、勃起《ぼっき》させるためにそうしているしか思えない動きに抗えない。

「あっ、ぁっ、やぁっ、やめ、裕也、さ……それ、だ、め……」

「ぬるぬる気持ちいい？　なんか声も甘くなってるけど、こんなことされていやじゃないの？」

いやだったらとっくに大暴れをして裕也を突き飛ばして、このバスルームを出ている。されるがままこの場所に留まってはないだろう。彼に大人しくそうされていることで察して欲しい。

「やぁっ……も、やめ、て」

「あーあ、完全に勃っちゃったね。このまま出しちゃう？」

鏡越しににっこりと微笑まれ、本格的に握られた。そして手が射精《しゃせい》を意図させる動きに代わり、和真の膝が震え始める。じわじわと広がる快楽が腰の奥を痺れさせた。

「そん、な……だめ、だ、よ。あっ、ぁっ、んんっ……裕也さんの、手が、汚れ……」

「大丈夫、ここお風呂なんだしすぐに流せるよ。ほらすごく硬くなってきた。気持ちいい？　気持ちいいときはちゃんと言うんだよ」

「は、ぁっ……あっぁっ、あん、いっ、いい……っ」

「そう、気持ちよさそうだね。顔もトロンとしてる」

腰が砕けてしまいそうな気持ちよさに、和真は無意識に腰を動かしていた。裕也の指が竿を高速で往復したかと思うと、手の平で亀頭《きとう》を包まれて手の平で鈴口を執拗《しつよう》に撫で回される。指先が小さな孔《あな》を抉《えぐ》ると、射精感がぐぐっと高まった。

「だめ、裕也さ、……もう、で、出る……」

「出しちゃう？　いいよ。いっぱい出して。……ほら」

バスルームにくちゅくちゅとエッチな音が響き、鏡に頬を押し付けて腰を突き出すような格好になっている。恥ずかしいより気持ちよさが勝って、今は快楽に支配されていた。

「んっ、あぁぁっ――！」

ビュクビュク、と白濁を吹き上げた和真の性器は、鏡にその欲望を飛ばした。さらに扱かれて、引かない快楽に体を震わせる。

「溜まってたのかな？」

精液を熱塊に塗るようにしてまだ性器を弄られている。霞かかっていた意識が徐々にクリアになってくると、すさまじい羞恥が襲ってきた。

「も、……なんで、こんな」

腰を抜かしたように座り込んだ和真は、まだどくどくと息づく自分の息子を押さえた。

「気持ちよかったでしょ？　ほら、いっぱい出たし」

裕也の言葉に顔を上げた。目の前には和真が出した白濁《はくだく》が鏡にいくつも筋をつけていて、その向こうに映る裕也の手にもそれが付いているのが見えた。

「あ、だめ、それ、だめ！」

慌てた和真はシャワーを出して鏡を流し、その水流を裕也の手に当てる。自分の恥ずかしい証《あかし》を必死に洗い流していると、裕也が和真の手を握りしめてきた。

「裕也さん？」

「いやじゃなかった？　こんなことする俺を、軽蔑《けいべつ》する？」

「い、いやじゃなかったけど、その……は、恥ずかしくて、どうしていいのか、分からなかった、だけで……軽蔑なんてしない」

「そう、よかった」

「むしろ、裕也さんが男の人を好きで、よかったというか……」

和真の思う好きと同じ好きで、裕也がもしも自分に好意を持ってくれていたらどんなにいいだろうと思う。それは今の和真の小さな願いでもある。

「そんなこと言ったら、和真の言葉にだまされた振りしてつけ込むよ？」

さっきまで和真の欲望で汚れていた手が、今度は和真の顎を掬い上げた。色っぽい瞳が和真を見つめている。それが近づいてそっと唇が唇に触れた。キスをされたのだと気付くまでたっぷり五秒はかかった。

「あれ？　驚かないの？」

「あ……キス、した」

「うん、した。こういうのに抵抗ない？　俺ね、実は女性が苦手なんだ。でも同性なら……その対象になる」

和真はぽかんと口を開けたまま裕也を見つめるしかできなかった。その様子を観察するようにしていた裕也がクスッと笑う。

「口、半開きだけど。そんな開いてたら、もっとすごいキスしちゃうよ？」

裕也の言葉は和真の頭に入っていなかった。まだその前の言葉が処理仕切れていなかったのだ。

（同性……？　男ってこと？　女性は苦手？　じゃあ大翔は？　大翔はなんで……）

いろいろと頭の中を駆け巡り、口を開いたままただぼんやりと裕也を見上げていた。

「いいってこと、かな？」

「え……？　あ、んぐっ」

　さっきとは違うキスに驚いた。体が反射的に強ばって、和真は頭を後ろへ引いた。しかし後頭部をがっちり掴まえられていたので逃げられない。

（なんで⁉　なんでまた、キス⁉）

　両手で裕也の胸を押して抵抗を試みるが、その手首を裕也に掴まれてバスルームの壁に押し付けられる。湯が出っぱなしのシャワーノズルを下へ落とし、それが足元で暴れた。

「んっ……く、ぅ……ぁ、んんっ」

　裕也の舌が和真の口の中で動いている。右の頬を舐めたかと思うと、ゆっくり歯列《しれつ》をなぞって左の方へ動く。そのまま舌を巻き上げるようにして絡め取られ、粘膜の愛撫をたっぷりとされた。あまりの気持ちよさに目を閉じた和真は、腰が抜けそうになるのを必死に我慢していた。

「和真？」

「はぁ、はぁ……なん、で、キス……するの」

「口、開いてたし。和真があんまりかわいいから」

「も、しないで……恥ずかしいから……」

　裕也の胸を左手で押し返しながら言うと、少し悲しそうに微笑んだ彼が和真の肩に触れる。

「そう、だな。冷えてきたし、湯船に入ろうか」

手を引かれてバズタブに入ったが、裕也が先に湯へ体を沈めた。そうしたら立っている和真の股間が彼の目の前だ。かといって背中を向けると尻を見せることになる。

（ああっ！　どっちも恥ずかしい！）

我慢できないと思い、慌てて和真も湯船に体を沈めた。二人分の湯がバスタブからあふれる。向かい合わせに座って顔を見るのが照れくさいからと、和真は背中を向けて座っていた。

「ねえ、肩、出てるよ」

「わっ！」

背後から肩を掴まれて引っ張られた。バランスを崩した和真は、思い切り湯飛沫《ゆしぶき》を上げて裕也の胸に背中から倒れ込んだ。

「ゆ、裕也さん……大丈夫？」

「和真は平気？」

「僕は、平気……もうっ、急に引っ張ったら危ないよ」

背中に裕也の鼓動を感じながら、とりあえず形だけ叱った。腹に腕を回され、再び背後から抱かれる格好になった。腰には裕也の硬いものが当たっている。

（これ、裕也さん……このまま辛くないの、かな）

かといって自分がされたように裕也にできるわけではない。ただでさえそういう行為に疎《うと》いし、今のこの状況でさえあり得ないと思っている。

「あの、裕也さん、さっき言ってたのって、本当ですか？」

「さっきって？　どのこと？」

「女性は……苦手って言ってたけど、でもだったら……大翔は？」

大翔に関しての詳細を聞かされていないし、今ここで全部を教えて欲しいと思った。若干、刺激的で落ち着かない体勢ではあるが。

「少し長くなるけど、今、聞きたい？」

「うん。もうずっと聞きそびれてるから」

「そうだよな。詳細は俺の口から聞くようにって、和真も社長から言われてたっけ」

少しの沈黙のあと、裕也がゆっくりと事とあらましを話し始める。

三年前の裕也が主催したパーティーで、大翔の母、花野井かれんと出会ったという。楽しい時間を過ごすうち、酒を飲み過ぎた裕也が部屋で休んでいると、そこにかれんが入ってきて介抱してくれたらしい。

「初めのうちはよかったんだけど、なにせ俺はかなり酔ってたから。途中で眠ってしまったんだ」

気付いたら隣に半裸《はんら》のかれんが眠っていて、情事後を思わせる状況だったという。途中で何度か目が覚めた気がするが、酔っていたせいで覚えていなかった。裕也はかれんの言うまま、体の関係を持ったと信じたらしい。

「そう、なんだ。でも覚えてないっていうのは、辛《つら》いところだよね。でも眠ってても、その……あれなのかな」

「ああ、勃つのかって？」

口ごもってしまった和真に、そういうところ初心《うぶ》だよな、と裕也が笑う。

「そうだな、俺は勃ったらしいよ。なんなら酒で潰れたら、俺のを和真が確認してくれる？」

「えっ、や、そんな……できないよ」

「あはは、冗談だよ。かわいいなぁ、和真は」

裕也の腕が和真を強く抱きしめて、耳の後ろへ鼻先を擦りつけ匂いを嗅がれる。ただでさえ際《きわ》どい状況なのに、誘惑するようなことをされては和真の心臓が持たない。もしかしたら裕也は匂いフェチなのかも、とそんな知らない一面を見せられる。

「あっ、や、だめ、あっ……」

「耳が赤いのはのぼせてる？　それとも照れてるの？　ああ、これってやっぱり和真の匂いだ。前にもこうしたの覚えてる？　俺、和真の匂い好き」

まるでからかうような声が耳元で囁かれ、和真の中心が力強く兆《きざ》し始める。

「話の、続き……っ」

「ふふふ。そうだな」

ようやく和真をからかうのをやめた裕也が、話の続きを口にし始めた。

体を重ねたことを本人から知らされたが、あの頃は裕也自身に実感はなく半信半疑だったという。酔っていたのだから当たり前だが。

パーティーがお開きになり酔いが覚めた頃、ベット周辺のアメニティを探ってみた裕也は、使用済み避妊具の類《たぐ》いがないのに愕然としたらしい。

そのパーティーで知り合ったかれんとはそれっきりだった。そのときの罪悪感は、日が過ぎるにつれて薄れて行ったという。しかし花野井かれんという名前だけは忘れていなかった。

「それからおよそ二年ってこと、なんだよね」

「ああ、計算は合ってると思う。大翔は俺の子だよ。目元とか顔の感じが似てるのも自分で分かる」

「うん、似てると思う。動植物園で裕也さんが大翔を抱っこしてたとき、あ～親子だなって思ったよ。違和感、なかったもん」

なんとも言えない気持ちだった。裕也の遺伝子を持った子供を世話するのはうれしい。近くに裕也本人もいて、その子供を間近で成長する姿を見られるのも、最高だと思った。

しかし裕也自身が女性は苦手というのに、酒の勢いで関係してしまったというその事実が、言葉にできない違和感とどこか収まりの悪さを感じさせた。

「……うん。そうだよな」

どことなく切なげな裕也の声に、和真は胸を痛めた。気付かないうちにできた子供とはいえ、裕也の血を引いている子供だ。それを手放したかれんへのやりきれない憤《いきどお》りが、裕也の声には混じっていた。

第四章　初めての出演

午後から仕事だという裕也と一緒に、キッチンで昼食の準備をしていた。とはいえ、先に作るのは大翔の離乳食である。

「最近は食材からちゃんと離乳食を作れるようになってきたけど、それに合わせて僕らの食事メニューも決まってきちゃうね」

「まぁ、同じものが食べられていいんじゃないか？」

キッチンの作業台で和真は人参を切っている。完全にペースト状にしなくてもいいと最近わかり、上下の顎で潰せるくらいの大きさに刻んでやわらかくする。

「あっう、あっう！」

和室から大翔の声が聞こえてくる。その声が徐々に近づいてくるので、また這いながらこっちへ来たのかなと思って顔を覗かせた。すると普通にハイハイでこちらへ向かって来るのが見えて、和真は固まった。

（あれ？　大翔ハイハイしてる！　初めてじゃない？）

驚いた和真はまな板にそっと包丁を置いた。

「ねえ、裕也さん、あれ、見て……」

裕也に声をかけて和室の方を指さした。彼がその先を見て固まる。和真と同じ反応だ。

「あ、あれっ、ハイハイして……こっちに来てる！」

「そうっ。初ハイハイ！」

二人で顔を見合わせ微笑み、同時に大翔の名前を呼ぶ。

「大翔〜こっち〜、こっち来て〜」

「大翔、がんばれ、大翔〜」

和真はポケットから携帯を取り出し、リビングに入ってきた大翔に向けて動画撮影を始める。カメラを引いて裕也の姿も一緒に収め、ハイハイしてはお座りを繰り返す大翔がゴールするまでを撮影した。

「おお〜大翔〜すごいな！　ハイハイできたな！」

裕也の元までやってきた大翔はご機嫌で、抱き上げられて少し興奮気味だ。うれしそうな裕也と大翔を見ていると、和真も自然と笑顔になる。こんな瞬間は本当にたまらなくうれしい。

夜中に起こされても、離乳食を嫌がって食べなくても、泣いてぐずっても、こういう瞬間があるから頑張れる。大人とは違って、赤ちゃんの成長スピードはすさまじい。そんな一瞬一瞬を見逃したくないと和真は思っていた。

「よーし、ハイハイの次は立《た》っちだな」

裕也は腕に乗せた大翔にそう話しかけている。さっきハイハイができたばかりだというのに気が早いなと思う。けれどそんなうれしそうな裕也を見ていると、心がやさしく癒やされる。

「裕也さん、それは気が早いよ」

「そうかな？　大翔は運動神経いいんじゃないか？　俺に似てるのかもな～。な～大翔」

「あんまぁ～、う～う～、あっ！」

なにか喋りながら、大翔は裕也の耳を弄って遊んでいる。そしてリビングのラグへ大翔を座らせた裕也は、少し離れて手を広げた。

「ほら、大翔、こっち、こっちまで来て」

「あ～、あ、う、ん～、ん～」

テンションが高めの大翔は、裕也の思惑通りにハイハイで近づいて行く。どっちも夢中だ。しかしもうそろそろ食事にしないといつまで経っても終わらない。

（もうご飯だよって言いたいけど、なんだか言えない雰囲気だよね。本当に楽しそう）

和真は二人のじゃれ合う姿を見ながらキッチンへ戻る。そして手早く昼食を作ったのだった。

今日のご飯はさつまいものマッシュだ。さつまいもをみじん切りにしてレンジでやわらかくし、かれいの身を茹《ゆ》でて解してブロッコリーも茹でたあとに小さく刻む。それを水と出汁を少し入れて煮る。もう一品は鶏ササミと人参とピーマンのミックスをおかゆに混ぜた。もちろん作り方はさつまいものマッシュとほぼ同じだ。

「よし、でき上がり。みじん切りのプロになれそう」

器に離乳食を入れながら和真は呟いた。デザートはりんごだ。小さく刻んだものをすりおろしたものに混ぜてある。

「大翔～ご飯だよ～」

リビングにテーブル付きのベビーチェアを持ってくると、裕也がそれに大翔を座らせる。

「すごいよ。大翔のハイハイはどんどん進化している。ハイハイ選手権があったら優勝かもな」

真面目な顔でそんなふうにいうので、和真は思わず吹き出してしまった。親バカというのはこういうのを指すのか、と目の前で見せられて笑ってしまう。

「あ、和真……なんで笑うんだ？　俺は本気だ」

「うん、そうだね」

笑いを我慢しながらトレイに乗せた大翔の離乳食をテーブルに置いた。すぐに器《うつわ》の中へ大翔が手を入れようとする。手で確かめようとする行為を止めることはない。器には少しだけしか入っていないので熱くはないし、大翔が手掴みを始めたのでそれ用に出したものだ。

「大翔、ご飯はこっち。あーんして」

裕也の手にも器が握られていて、同じメニューが入っている。こちらは口へ運ぶ用だ。

「そうそう、おいしいね」

手に付いたさつまいもマッシュを大翔は口に入れる。それを食べつつスプーンで掬ったおかゆを大翔の口へ運んでいた。

「わ、大翔の手がすごいことになってるね」

「ああ、手掴みする時期なんだよな。手に付いたのも口に入れて食べてるよ」

裕也がそんなことを言うので驚いた。そんな和真の顔をチラリと見た彼が、俺だって少しは勉強してるんだよ、と続ける。聞いてみれば、仕事の休憩時間なんかに携帯で子育てサイトを巡回しているらしい。

（どんなことにも努力を惜しまない裕也さんらしい。しかもそれを周囲に気付かせないってところがまた……）

「あん、ま～、あ～、うっ」

大翔がご機嫌になにかを話している。ご飯がおいしいよって言ってくれているのかもしれない。笑顔になっている裕也の顔を見て大翔も笑う。その光景を見て和真にも笑顔が咲く。

裕也が大翔に食べさせる間、和真はささっと昼食を済ませた。二人の食事風景を見ているだけで、さらにご飯がおいしく感じる。不思議だ。

「裕也さん、今度は僕が代わるよ。お昼ご飯どうぞ」

「ああ、ありがとう」

和真が大翔のチェアの前に座る。口元に付いたご飯粒を拭い、両手を綺麗にしてやる。代わりにスプーンを持たせると、握りしめてテーブルを叩く。まだ使うのは早いが、スプーンに慣れるために持たせている。

「はい、お口あけて～そうそう、上手いね～。おいしいおいしい。うれしいね」

「ん～うっ！　ん～、ん～ん～うっ！」

体を上下に揺すってテンションが高い。食事もほとんど全てを食べてしまった。デザートのりんごも気に入ったようで、自分から口を開けてくれた。

「ごちそうさまだね、大翔」

水分補給用のボトルは先がスプーンの形状になっており、水分を取らせるときに使いやすくなっている。できるだけスプーンの感触に慣れてもらうためにこれはすぐに使い始めていた。もうそろそろストロー付きのマグを持たせてもいいのかなと、和真は思う。

（もう九ヶ月だもんね。大きくなるの、早いな～）

食事も終えて食器をシンクに移動させた和真は時計を見上げる。そろそろ裕也が仕事へ行く時間が迫っていた。今は食休みで二人はリビングのラグの上で遊んでいる。

「裕也さん、そろそろ時間じゃない？」

「あ～もうそんな時間か。名残惜しい……」

仕事へ行く準備を始める裕也は、なぜか気が重そうだ。どうかしたの？　と聞けば、もしも自分がいない間に大翔が立ったら、その瞬間を見られない、とそれが不満らしい。

（さっきハイハイできたのに、そんなすぐには立たないと思うけど）

何度もそう言って裕也を宥めたが、仕事に行くために玄関に立った彼は、名残惜しそうに大翔の手を握っていた。

――大翔、俺が帰ってくるまで立っちゃだめだからな。

そんな無茶な要望を真剣な顔で言っていてなんだかおかしくなった。またタイミングよく大翔が返事をしたものだから、裕也は気をよくして仕事へ出かけて行った。

裕也を見送ってすぐ、和真も出かける準備を始めた。ご飯を食べて眠そうな大翔を着替えさせ、大急ぎでベビーカーを準備する。今日の大翔の洋服は特別だ。黄緑色のロンパースで、お腹の部分だけ白くなっている。着ぐるみではないのでフードは付いていないが、これを見つけたときはあまりのかわいさにすぐ購入した。

着替えを終えて必要なものをバッグに詰める。いつもなら部屋で少し遊んでお昼寝の時間なのだが、今日はベビーカーでお昼寝になりそうだ。

「おっと、あれを忘れちゃいけないよね」

裕也に隠れてこっそり作っていたものを自分の部屋に取りに行った。それをトートバッグに入れて、今度こそ準備ＯＫだ。

ベビーカーを押してマンションを出ると、大翔はすでに夢の中だった。移動のときに退屈で泣いてしまうよりはいい。大翔の腹の上にはお気に入りのクマのぬいぐるみが乗っている。そのふわふわな手を握りしめたまま深い眠りについているようだった。天使のような寝顔を眺めた和真は、そっとブランケットをかけた。

今は電車を何度か乗り継いで、とある場所に向かっている。和真自身も初めて行く場所だし、勝手が分からないので早めにマンションを出た。上り電車は快適なほど空いている。駅でエレベーターを探すのも上手くなり、今の生活にどんどん順応している。

（えっと、確かこっちの階段から上がった方が近いんだっけ）

出口を案内板で確認してまた歩き出す。エレベーターで地上へ上がると、真っ青な空と大きな商業施設が目に入る。

和真が訪れたのは四ッ谷《よつや》にあるＣＫテレビの放送局だ。今日はそのテレビ局で放送される、ニュースハローという番組のお天気コーナーに出演するためにやって来た。

集合場所はどこだろう、と辺りを見回していると、それらしい格好の親子を見つけて和真はその人のあとを付いて行く。すると右に折れた場所にパラソル広場があり、子供連れの親子がたくさん集まっていた。左腕に腕章を付けたスタッフの人もいるようで、列の最後尾に並ぶ。

「こんにちは。ここは最後尾ですか？」

そんなふうに声をかけられて、和真は振り返った。同じくらいの年齢の赤ちゃんを連れた若い女性だ。

「あ、はい。時間になったら移動するみたいです」

「そうなんですね。ありがとうございます。私、初めて来たのでちょっとドキドキしちゃって」

小柄でおっとりした印象のあるその女性が微笑む。抱っこしている女の子は一歳前後だろうか。

（大翔とそう変わらないな）

和真は自分も初めて来たので緊張しています、と言って微笑むと、なんとなくお互いの緊張が解れた。

放送中に携帯が鳴るとまずいだろうと思った和真は、ポケットのスマホをバイブにした。しかしそのタイミングで着信表示が画面に出る。相手は伯母の万里だ。

「もしもし、伯母さん？」

『和真くん、今、話してても大丈夫かな？』

「はい、大丈夫です」

『あれ、外にいるの？　なんだかザワザワしてるね』

「大翔と二人でお出かけしてるんです」

『あら、そうだったのね。今日は天気もいいしお散歩日和《びより》ね』

「そうなんです。っていっても、大翔はベビーカーで寝ちゃってますけどね」

和真が笑いながら言うと、電話の向こうでも万里の笑い声が聞こえた。

「それで伯母さん、もしかして進展があったんですか?」

万里が電話をしてくるということは、大翔の母親関係だと察しは付く。

『生活がガラッと変わってしまったし、子供に慣れているとはいえ、二十四時間の完全育児だし、どんな様子かなと思って電話したの』

どうやら伯母は伯母なりに心配してくれていたらしい。裕也のマンションで三人の生活を始めてあっという間に二ヶ月が過ぎた。長いようで短いような、とても濃い時間だと和真は思っている。

「まぁ、大変は大変ですよ。だって甥っ子の面倒を見ていたといっても、ここまで本格的に向き合った育児ではなかったので、初めてのママと同じ手探《てさぐ》りです」

『そうよねぇ……自分の子供じゃないから余計に気を遣うわよね』

「それに、裕也さんも一緒だったので、緊張はするし育児は慣れないし大変でした」

『約束した就職は任せて。ちゃんと和真くんのポストを作っておくから』

「本当にいいんですか?　そんな約束しちゃって」

『いいもなにも、こんな大変な仕事を押し付けちゃったんだし、約束するわ』

電話の向こうで万里が笑っている。和真も自然に笑みが浮かんだ。

『それでね、もうひとつ報告があるの』

「なんですか？」

『大翔くんの母親についてよ』

万里の声が心なしか小さくなった。どこで電話をしているのかは分からないが、内容に配慮してのことだろう。

『剣崎と二人で保険証に記載されている住所のアパートへ行ったけど、彼女はずっと帰ってきていないみたいなの。隣人にも聞いてみたけど姿は見てないらしいわ』

「そうですか……。興信所に頼むって聞いてたんですけど、そっちはどうなりましたか？」

『その調査が今日返ってきたの。彼女は身内という身内がいないみたいで、足取りが全く掴めていないんだけど、最後の足取りは東都中央病院らしいの』

「病院……ですか」

『ええ。でも病院の情報は入手困難で、さすがに興信所でも難しいみたい』

「入院している……とかですかね？」

『どうやらそうでもないらしいわ。顔写真は彼女が働いていた会社の社員証から手に入れたのだけど、その病院には彼女らしい人は入院していないみたい』

「じゃあ、一体……大翔のママはどこにいるんでしょうか」

『分かっているのは、アパートの家賃は支払いが続いているから、帰ってくる可能性がある、ってことくらいかしら』

大翔の母親探しは一進一退といったところで、現時点では有力な情報は入ってきていないようだった。万里も力なく話していたが、引き続き調査をすると言う。社長の仕事をしながらの捜索だから相当大変なはずだ。

「分かりました。大翔のことは僕に任せてください。時間がかかっても必ず見つけてください。大翔のために」

裕也のためにも、と言おうとしたが、複雑な気持ちが和真の心に覆い被さり、それは声に出して言えなかった。

(見つかったら、僕はもうあのマンションでの生活はできなくなるし、大翔とも会えなくなるし……。裕也さんとも……)

普段は育児に追われて考えていなかった現実を、万里との会話で思い知らされた。

『ええ、分かっているわ。またなにか進展があったら連絡するわね』

「はい。よろしくお願いします」

伯母との通話を終えて、和真は大きくため息を吐く。住所が分かっていたらすぐに居所は見つかると思っていたのに、二ヶ月が過ぎてもほとんど進展がない。一体、大翔の母親はどこへ行ってしまったのか。

（大翔に会いたくないの、かな）

母親でない和真でさえ、大翔と過ごすうちに情が湧いて離れがたい気持ちになっているというのに。

和真には母親の気持ちが全く分からなかった。子供を産むという経験なんてできないし、自分が男性だから分からないのだろうか、と何度も考えた。だけど、同じ人間としてなら考えられる。

（僕なら絶対に、なにがあっても手放したりしないのに）

そんなことを考えていると、並び始めてから三十分が過ぎていた。待ち時間が長いので少し疲れてきたが、大翔が寝てくれているので助かる。列の後ろの方では、ぐずって泣き始める子供もいるようだ。

（こんなに待つと思わなかった）

和真は少し不安になってきたが、ここまで来たのだからやりきろうと思っていた。そしてさらに十五分が過ぎた頃、いいタイミングで大翔が目を覚ます。

「あ、大翔、起きた？　ベビーカーから降りようか」

和真はバッグから抱っこひもを取り出した。腰に装着して大翔を前向きに抱え、体を支える布を大翔の腹に当てる。実は今日が抱っこひもデビューだ。不安もあったけれど、べビーカーを持ち込めないので仕方なく持ってきた。

(ここに来る前に何度か使っておけばよかったかな。大翔、大丈夫かな)

抱っこひもで大翔を抱える。寝起きで泣くこともなく、大人しくしているのでホッとした。大翔のふわふわの髪が和真の顎をくすぐり、気持ちよくてスリスリしたくなってしまう。和真が目の前にクマのぬいぐるみを出すと、右手でそれをがっちり握ってきた。

「抱っこひも平気?」

大翔は自分の腹にくっついている大翔に声をかける。右手の指をしゃぶっている大翔が、なにやら喋っていた。

「あ～う、うっ、うっ、あ～」

「うんうん、もう少し待とうね」

十六時頃になってスタッフが列に並んでいる人を移動させ始めた。もうそろそろスタンバイだろうか。

ベビーカーは柱の陰に並べてあるのでそれにならって和真も置いて移動する。そして大翔の頭に帽子を被せた。布製の黄緑色のものだが、頭の上部分にぴょこんと二つの目が飛び出しているカエルの帽子だ。それに合わせて大翔の洋服も黄緑色である。

「こちらから二列で並んでくださーい。前の人は座ってスタンバイしてください～」

和真たちは後ろの列で立ったままだったが、真ん中あたりに誘導されたのでテレビには映るだろう。お天気キャスターの木の実《こみ》さんとはれタロウがやってくる。手を振ってくれたり木の実さんが話しかけてくれたりと本番までの間はいろいろとサービスしてくれた。

そのまましばらく待たされて注意事項等の説明が済むとリハーサルが始まる。

「あ～んま～うっ、うあっ！　あう～」

はれタロウが近づいてくると大翔は大興奮だ。それを見た木の実さんが、元気だねぇ、と大翔の手を握ってくれた。

「もうちょっとで始まるからね～。はれタロウの帽子かな～？　かわいいねぇ」

木の実さんが大翔の帽子を見て声をかけてくれる。そして木の実さんがスタンバイの位置にはれタロウと一緒に立った。しかしそこからまた十分ほど待つらしく、大翔をクマであやす。

（クマ、持ってきてよかった～）

心底そう思う。前列の親子が子供が泣き始めたので、それを必死にあやしているのが大変そうだと思った。

スタジオの声がこちら側にも聞こえていて、木の実さん～はれタロウ～と呼ぶ声に反応してリハーサル通り「こんにちは～」と和真たちも挨拶をした。

カメラがママと子供たちをズームで映していく。和真は大翔の手を持ちながら振ってアピールする。木の実さんはリハーサル通りにお天気を伝え、本番はあっという間に終了だ。終わってから、はれタロウや木の実さんと一緒に記念撮影をした。はれタロウも色んなリアクションをしてくれてとても楽しいひとときだ。

和真は木の実さんに声をかけられた。きっとママばかりの中に若いパパが一人混じっていたから目立ったのだろう。

「はーい、じゃあみんな、気を付けて帰ってね〜」

木の実さんがそう言いながら手を振って見送ってくれる。和真も大翔の手を持ってバイバイをして、初めてのテレビ出演を終えた。

「よし、大翔、お散歩して帰ろうか」

「あう！」

大翔のテンションはいつになく高い。抱っこひもが相当気に入ったようだ。ベビーカーに荷物を積んで、天気がいいので近くを散歩して帰ることにした。

この辺りには子供連れで入れる店もたくさんあるし、ひと休みできるベンチも多い。そのせいか家族連れが目立つ。

今日はニュースハローに裕也が番組の宣伝で出演している。もちろん和真たちがこのお天気コーナーに出るとは伝えていない。きっとスタジオですごく驚いているだろう。

（誰かに言いたくて仕方ないだろうな～裕也さん）

そんな裕也の顔を想像して、和真は笑いそうになるのを我慢するのに苦労した。

広場を歩きながら、どこへ行こうかと考えていると、和真のポケットの携帯が着信する。

画面を見るとなんと裕也からだ。

（あれ？　今スタジオで収録中なんじゃないっけ？）

さっき生放送のお天気コーナーが終わったばかりだ。番組はまだ続いているはずである。

和真はスマホの画面をタップした。

「裕也さん、お仕事中じゃないの？」

『和真、ちょっとさっきのなに？』

「あ、見てた？」

『見てたって……スタジオにいるんだから見るに決まってるだろ』

「うん、裕也さんがニュースハローで見るかなと思ってさ、あのお天気コーナーに行ったんだ。ちょっとしたドッキリだよ」

和真の声が弾む。電話の向こうの裕也の声は興奮気味だ。

「かわいかったでしょ、大翔。あの帽子も今日のためにこっそり作ってたんだ。ねえねえ、かわいかったでしょ?」

『もう、ほんと……ここじゃ話せないんだ。こっちに来てくれ』

裕也からの予想外なお願いに驚いた。なにやら裕也も急ぎ足で歩いているのか、声が弾《はず》んでいる。和真は指定された通りに進んで建物の裏側にある関係者通用口の近くまでやってきた。右側には高いフェンスがあり、隣のビルとはかなり距離が近い裏通りになっている。

(え、ここ? なんか警備員の人が立ってるし、入れるの? あ、こっち見た)

子供連れでベビーカーを押してやってくるような場所ではないため、警備員の男性に不審な目で見られる。いつ声をかけられてもおかしくなかった。

それでも指定された場所だからと入り口まで近づく。案の定、扉の近くに立っていた警備員の男性がこちらに向かって歩いてきた。

「すみません。こちらからは許可がないと入れないのですが」

「あ、そう……ですよね。僕、入り口を間違ったかも、しれないです」

和真は苦笑いを浮かべ、大翔を左腕で支えながら何度も頭を下げる。やはり指定された場所が違ったのだと、ベビーカーを反転させようとしたとき通用口の扉が開いた。

「和真!」

「あ、裕也、さん」

　走ってきたのか、裕也は肩で息をしている。そして警備の男性に、呼んだのは自分です、と話をしてくれた。まさかここに嵩美裕也がやってくるとは警備の男性も思っていなかったのか、驚いた様子だった。

「和真、こっち入って」

「あ、うん」

「ぱっぱ、ぁぱっぱ！」

　裕也の顔を見て興奮した大翔が、今まであまり発言したことのないような喃語《なんご》を発した。まるで裕也を見てパパ、と呼んでいるようで焦ってしまう。さすがに裕也も驚いた顔をしている。

「あ、すみません、ベビーカーをここに置いて行っていいですか？　すぐに戻ってくるので。あ、彼は友人なんです」

　裕也が警備の男性に早口で説明している。聞かされている男性は驚いた顔のまま頷いて、和真は裕也に背中を押されて中へ入った。

「裕也さん、僕が中に入って大丈夫なの？」

「平気平気、いつもの警備員さんだし、顔見知りだし。とりあえずあの会議室に入って」

建物二階のA会議室と書かれた部屋の扉を開けて、和真を中へ入るように促してきた。

「どうしたの？　まさか僕、呼ばれるとは思ってなかっ……」

扉を閉めた途端、裕也が抱きしめてくる。もちろん大翔を腹に抱えているのでそう強くはないが、和真の首に裕也の腕が絡んだ。いつも感じる彼の甘いトワレが鼻孔に流れてきて胸が切なくなる。

「和真も大翔もかわいくて、スタジオで叫びそうになって……。近くに二人がいるんだと思ったらどうしても会いたくなった」

「そうだったんだ」

子供のようにしがみついてくる裕也がかわいく思えて、和真は両手で彼の頭を撫でる。

「あっ、う、あ～！」

二人の間に挟まれた大翔が、裕也の首から下がっているネックレスのリングを引っ張る。

「おっと、そうだよな。大翔もいるもんな」

裕也が和真の首から腕をほどいた。和真に抱えられた大翔の頭を撫でた裕也が、髪にキスをしている。このリングが気に入ったのか？　と二人はなにやら楽しそうに話していると、裕也の携帯が着信する。

「もしもし、あ、うん。すぐ行くよ。ごめんね、剣崎さん」

「仕事の途中だったの？」

「うん。次の現場に移動する前に二人に会いたくて、ちょっとトイレに行くって抜けてきたんだ」

裕也がスマホの通話を切りながらそう言った。和真は驚いた顔で裕也を見上げ言葉を失う。大丈夫なのかどうか心配だったが、まさかトイレに行くと言って現場を離れたとは思いもしなかった。

「あっ、じゃあ、すぐ、すぐ戻らないと……っ」

「ああ、戻る。その前に……」

裕也の手が和真の後頭部に滑り込んでくる。えっ、と思ったときには、彼の唇が和真の唇に触れていた。まるで小鳥がキスをするような僅かに触れ合うものだったが、和真の顔を真っ赤にするには十分だった。

「ゆ、裕也さん……っ」

「ごめんごめん、和真と、大翔を補給補給補給」

そう言いながら大翔の頭に再びキスをした。こういうスキンシップにはなかなか慣れない。予想外にこうしてドキドキさせられるのだ。

「今、こんなことをここで言うのは色気ないんだけど……」

裕也の瞳がやさしい色に変わる。和真を見下ろしながら、後頭部に触れていた手がするすると頬に滑ってくる。和真の鼓動はさらに早くなり、緊張で手に汗が滲んだ。

「俺は和真が好きだ。かわいくて一生懸命で笑った顔も、今の真っ赤になった顔も」

彼の親指が和真の唇に触れて、感触を確かめるように撫でている。

「裕也、さん……？」

「俺の恋人になってくれないか？」

真剣な顔で裕也が申し出てくる。一瞬、なにを言われたのか分からなかった。頭の中が真っ白だ。何度か瞬きをして、裕也の顔を見つめている。夢なら覚めるはずだけれど、いつまで経ってもその気配はない。

「和真、聞いてる？」

「あ、うん……聞いて、る」

だが頭に言葉が浮かばない。

ずっと遠い存在だった裕也。

憧れて、好きで好きでたまらない裕也。

ファン心理が恋心に変わり、それは知られてはいけないものだと思っていた。

淡く切ない気持ちが、和真の中で一気に膨らんだ。

「いい、の?」

和真の口から掠れた声が出る。それが恥ずかしくてゴクリと唾を飲み込んだ。

「いいって、なにが?」

「僕で、いいの? だって僕……」

裕也に釣り合うような人間じゃないよ、とそう続けようとした。しかし裕也がそんなことを気にするだろうかとも思った。

「和真だからいいんだよ。和真じゃないとだめなんだ。返事は?」

僅かに不安な色が見え始めた裕也の瞳を見つめた。そして小刻みに小さく何度も頷き、小さな声で、はい、と返事をする。それを聞いた裕也が今までに見せたことのない、やさしい笑顔で微笑んだ。

「じゃあ、行ってくる。俺の気持ちはまた帰ってからじっくり和真に教えるよ。帰りは同じ通用口から出られるから」

「う、うん……」

頭がポーッとしている。裕也が会議室を出て行き、和真と大翔が残される。数秒の間、ぼんやりと固まっていた和真だったが、大翔の声にハッと我に返る。

「か、帰らなくちゃ」

一人そう呟いて会議室を出る。まだ心臓が早鐘を打っていた。一階へ降りて通用口に置いてあったベビーカーを押し、警備員の男性に挨拶をして外に出た。ホッとひと息吐いて、改めて裕也に言われた言葉を反芻する。

「裕也さんが、僕を、好き……」

言葉にして再び顔から火を噴きそうに熱くなる。駅に向かって歩いていた和真は、思わず立ち止まってしまった。にやける顔を元に戻すことができなくて、すれ違う人々がこちらへ視線を向けてくるのが分かる。

（やばいやばいやばい……僕、顔が、緩んで止まらない）

両手で頬を挟んで、なんとか真顔を保とうとするが失敗する。何度も頬をギュッと押さえるのに、手を放すとだめだ。

こんなにうれしいことはない。自分と同じように、裕也が好きだと言ってくれるなんて、絶対にないと思っていた。

彼の出演しているBDを見て、ヒロインやその登場人物に何度も自分を重ねた。だがその想像が叶うなんて一〇〇％ないと思っていたのだ。

「もしかしたら、壮大なドッキリだったらどうしよう」

そんなわけあるはずがないのに、まだ狐《きつね》に抓《つま》まれたような感じだ。

「あんま、あ～うっ」

大翔の声を聞いて心なしか落ち着いた和真は、目の前で揺れる小さな手を両手で掴んだ。

「うん、帰ろうね。大翔」

和真はそう声をかけて、心の中に広がる温かな気持ちをそっと抱きしめた。

第五章　謎の女性

夜遅くに帰ってきた裕也は、ほぼ寝ないまま仕事へと行った。新しく始まるドラマの撮影が始まったらしいのだ。帰って来られない日もあるかもしれないと言われているので、和真もそれは覚悟している。

あの日、放送局の会議室で裕也に告白されて恋人同士になったのだが、そうなった途端、前よりも裕也を意識するようになってしまった。少し指先が触れただけで大げさに驚いてしまうし、裕也に微笑みかけられるだけで恥ずかしくて目を反《そら》す。これでは避けているようにしか見られないだろう。

（でもさぁ、照れくさくてどうしようもないんだよね）

意識すればするほどぎこちなくなるなんて、恋愛初心者である。いや、よく考えたら経験なしだったのを忘れていた。女性との付き合いもあったようななかったようなものだし、男性となんて初めてだ。男性同士の恋愛がどういうものなのかさえあまり理解していない。

（男女交際と同じなのかな。恋人ってことは……やっぱり、する、んだよね？）

そう考えてまた頭を抱えた。和真はリビングで大翔のおもちゃを片付けていたのだが、一人で百面相《ひゃくめんそう》をしている。傍で大翔が『どうぶつわがままボックス』なるもので遊んでいる。ときどきコミカルな音が聞こえてきた。

「うっ！　あ～、あんま～、う～」

ボタンや小さな扉、色んな形と色の付いたスイッチがあり、押したり引っ張ったりすると音が出てるのだ。最近はこれが好きらしく、そのおもちゃの前にずっと座っていることがある。

「大翔、おもちゃもいいけど、お外行こうか。お天気いいよ～」

そう言って大翔を抱き上げた。窓際まで行くと陽の光が二人に当たる。大翔が窓ガラスに手で触れて、なにかを確かめるように叩く。

「じゃあ、公園行こう」

「あ～、うっ！」

近くの公園へ行く準備をし、大翔をベビーカーに乗せてマンションを出た。実はこっそり大翔の靴を買ってある。ハイハイをするようになったら立つのも早いと本に書いてあった。念のためにと買ったその新品の靴をバッグに入れる。

マンションの近くにある公園はかなり大きい。商業施設が併設されていて、自然を楽しみながらお茶が飲める。遊歩道が整備されている公園なので、ベビーカーでスムーズに移動できるのはストレスフリーだ。周りはビルに囲まれているのに、その手前には木々が見えて、自然と人工物のコラボレーションがなんだか不思議な景色である。

和真はポカポカ陽気の中、大きなため池の近くの歩道を歩いて、長いベンチの近くまでやってきて腰を下ろす。

付近には同じように遊びに来ているママたちの姿があった。本当は同じくらいの子供がいるママと話してみたいと思う。いろいろと情報交換ができたら、きっともっと楽だろうし不安に思うことも聞いてもらえる。だけどそれはできない。突っ込んだ質問をされたら誤魔化す自信がないし、嘘をついてまで仲よくするのは気が引ける。

和真はママたちが集まっているのを遠巻きに眺め、はぁ、と大きなため息を吐いた。

大翔をハーネスから解放してベビーカーから下ろす。

「ここじゃハイハイできないけど、お靴を履いてみようか」

大翔を膝の上に座らせて、真新しい小さな靴をかわいらしい足に履かせる。足首まである深い靴で、足先にかわいらしいクマの顔が付いていた。

「あぅ～、ん～」

両脚共に靴を履かせ終わると、自分の足を顔の前まで持ってきた大翔は、それまで口に入れようとする。赤ちゃんは体がやわらかいのでつま先を口に入れるなんて簡単だ。

「あ～お靴は口に入れちゃだめなんだよ。でもクマさんかわいいね」

もの珍しいのか、指先でクマの顔を触っている。

「立っちしてみる？　まだ掴まり立ちもしてないし、できないかなぁ」

と言いつつ、なんとなくできそうな気がしていた。念のために大翔の背中には転んだときに頭を守る、ミツバチクッションを背負わせる。

「よし、これで転んでも平気。はい、足を伸ばして～」

大翔の両脇を持って、ゆっくりそっと地面に足を置いた。そのまま脇を支える手を離そうとすると、徐々に大翔の膝が曲がっていく。

「まだ無理かな～？」

そう思ったとき、大翔の両手が自然とベンチの縁にかかる。しゃがんでしまいそうだったのに、和真が手を離しても大翔は立っていた。

「わ！　やった！　立てた！」

「あ～、うっ、あ～ぁ～、うっ」

写真写真……とスマホを取り出して何枚か写真を撮った。そのあとは動画だ。もちろん裕也に送るための撮影である。

「あ～すごいねぇ、大翔」

フラフラしていたのですぐに脇を支えたが、初めて立った大翔に興奮させられた。あまり長い時間立たせるのは疲れるだろうと思い、和真は大翔を膝に乗せて座らせる。

今しがた撮った写真と動画を裕也に送る。休憩時間になって携帯を見たら、きっととんでもなく驚くだろう。その反応を想像したら、なんだか楽しくなる。

「大翔～立っちできたね。おうちでも練習しようか」

大翔は和真の膝の上で、バタフライ型の歯固めのおもちゃを口に入れている。ちょうど下の歯が生えてきているので、むず痒いのかもしれない。両手で輪っかになった蝶の羽部分を掴むのは、ストロー付きマグを持って飲む練習にもなるので一石二鳥だ。

もう少しここに座ってひなたぼっこをしたら、移動して散歩しようと思っていた。すると遊歩道を、一人の女性がこちらに向かって歩いてくるのが見えた。真っ白なワンピースに白い日傘を差している。そのせいで顔はよく見えない。黒い髪がときどき風に靡《なび》いていて、なんとなく歩き方がフラフラしている。

だが和真は気に留めないでその女性から視線を外した。大翔に話しかけていると、その女性が和真たちから二席ほど離れた場所所に座る。フッとそっちに目をやったが、別段女性もこちらを気にしている様子もなかったので、和真も同じように気にしなかった。

「かわいらしい赤ちゃんですね」

おっとりとした口調でそう声をかけられて、和真は顔を上げた。女性は細面で色白の綺麗な人で、少しほわんとした雰囲気があった。

「あ、ありがとうございます」

「大翔くん、何ヶ月ですか？」

「えっと、もう九ヶ月になり……ました」

笑顔で答えた和真だったが、その直後、背筋がぞっとした。温和でやわらかな雰囲気の女性の声はやさしくて、敵意や危害を加えそうな感じはしない。口元には笑みが浮かんでいて、好意的な印象さえあった。それなのに——。

「そう、かわいいね、大翔くん。クマさんお気に入りだもんね」

女性が立ち上がって近づいてくる。なにかされるのではないかと思い、大翔を抱え、バスケットに荷物を放り入れて片手でベビーカーを押して歩き始めた。

（なんで、なんで、なんでっ！　なんで大翔の名前を知ってるんだ！）

あまりに怖くて後ろを振り返る余裕なんてない。ただ早足であの場を去るしかできなかった。途中で大翔が泣き出したが、それにも構う余裕がなかった。大通りに出て初めて後ろを振り返る。
来ているはずがない。あんなに早足で歩いたのだから。
大翔をベビーカーに乗せてベルトを締めた。大翔の靴が片方なくなっている。走ってい
る間、どこかで落としてしまったらしい。
「ごめん、大翔。靴はまた新しいのを買うから」
弾む呼吸を整えながらそう声をかける。そしてもう一度、背後を振り返った。そのとき、
公園の出入り口から女性の白い日傘が出てくるのが見えた。
（嘘だろ!?）
和真はマンションへ帰ろうと思っていたのだが、もしもあの女性が付いてきたら大事に
なる。そう思い、行き先を変更した。
（人の多い場所だ）
勢いよくベビーカーを押し始める。目的地は公園に隣接されている商業施設である。公
園から隣の商業施設に入るエレベーターを目指した。近づくにつれて、買い物袋を持った
人が増えてくる。
エレベーターに乗り込んで、扉が閉まるのを待つ。遠くの方に白い日傘の女性が見えた。
こちらに気づいてるのか気づいていないのか、なにかを探すようにその傘が動いていた。

（大丈夫、大丈夫……大丈夫）

心臓が信じられないほど重く早く打っている。ベビーカーのハンドルを握る手が汗ばんでいる。指先は冷えて微かに震えていた。

エレベーターが二階を目指し動き始めてホッとする。長い陸橋《りっきょう》を渡って建物の中へ入った。そして急ぎ足で人の多いホールを目指す。

施設の中はナチュラルウッドの床が広がり、濃いブラウンの壁が続く。四階まで吹き抜けになっている広い空間は、とても開放的な気持ちにさせられる。

モダンでオシャレな木製のベンチがいくつも並び、そこで休憩している人も多かった。中央にはエスカレーターがあり、その両側を様々な店が軒を連ねている。

和真はベビーカーを押しながらフードコートのあるエリアに向かった。あそこが一番人が多いだろう。人にぶつからないよう巧みに回避しながら、早足で目的地にやって来た。

和真の息は上がり、緊張と恐怖でヘトヘトだ。近くの空いている席に座り、ベビーカーの大翔を覗き込む。

公園を出るまで泣いていた大翔だったが、今は眠そうにしていた。辺りを見回して追いかけて来る女性がいないことを確かめる。ファストフードショップで飲み物を買ってひと息吐いた。

（あの女の人、一体なんだったんだ……？　なんで大翔の名前とかクマのぬいぐるみのこと知ってるんだ？）

ベビーカーの中にあるクマのぬいぐるみを手に取った。別段、どこにでもあるようなものだし、なんの変哲《へんてつ》もない。和真は首を傾げクマを戻した。

眠ってしまった大翔にブランケットをかけて、サンシェードを深く下ろす。和真がストローで烏龍茶《ウーロンちゃ》をひと口飲んだとき、どこからかスマホのシャッター音のようなものが聞こえて顔を上げた。

（え？　誰か写真を撮ってる？）

辺りを見渡してもそんな素振りをしている人は見当たらない。ママと子供だったり、老夫婦などが目立つ。今は誰もがスマホを持っているし、和真たちに向けてシャッターを切ったわけではないと思う。そう思いたいが、さっきのこともあるので不安になった。疑心暗鬼になり周りの誰もが怪しく見えて怖くなってくる。

（帰ろう……）

大翔が眠っている間に、大急ぎでフードコートを出た。マンションに帰るまで、いつもと違う道を使って戻ってきた。普段は地下のエレベーターを使ってできるだけ人と会わないように出入りするのだが、今日は違う。

（正面から入った方がいいよな）

マンションの正面玄関から入ると、コンシェルジュの目がある。もちろん和真は顔を覚えられているのでなにも言われないし、挨拶を交わしたりもする。だから和真のあとを付けてここに入ってきたら、きっと止められるはずだ。

コンシェルジュのいるカウンターを横切って、エレベーターのある場所へ向かう。ここまで来ればもう大丈夫だ。念のために後ろを振り返って確認した。

（よかった、もう大丈夫だ……）

エレベーターに乗り込んで、大きくため息を吐いた。あまりに予想外の出来事だったので、一気に疲労が押し寄せてくる。

部屋に帰り着いて、眠っている大翔を布団に寝かせる。今日はそれほど遊んでいないのによく寝ているようだ。

「公園で泣かせちゃって、ごめんね」

大翔の頭をやさしく撫でて、和真は子供部屋を出た。リビングソファに座って安堵すると、裕也に報告を入れなくては、と思いスマホを手に取る。だがスマホを持った手が震えていた。

「は……、今ごろ、なんで震えてるんだろう」

両手でスマホを握りしめる。一人でいることの不安に押しつぶされそうだった。そして裕也の番号を表示して、発信をタップしようとして指が止まる。もしも彼が仕事の途中で今日のことを知ったら、仕事に影響が出るかもと思い留まった。

（剣崎さんの方がいいかも……）

思い直した和真は、アドレス帳から剣崎の番号を表示させた。裕也と一緒にいるとしたら伝わるかもしれないが、剣崎のことだからその辺は空気を読んで対処してくれるだろう。

剣崎に発信し、呼び出している間も落ち着かない。立ち上がった和真は、リビングの窓際に近づいて外を眺める。

『もしもし、和真くん？　なにかありましたか？』

剣崎の落ち着いた静かな声になんだかホッとする。

「あの、今少しお時間ありますか？」

『大丈夫だよ。裕也は撮影に入ってるから』

「そうですか」

和真の固い声になにかを察した剣崎が、なにかありましたか？　ともう一度聞いてきた。

「今日、大翔を連れて公園に行ったんですけど、そのとき、女の人に声をかけられて……」

和真は今日あった経緯を細かく剣崎に話した。途中で言葉に詰まると、落ち着いてゆっくり話してください、と気を遣われてしまった。

『その人に会ったのは今日が初めてですか？』

「はい。何度も公園には行ってますけど、声をかけられたのも初めてですし、見かけたこともなかったので……」

『なるほど……。その女性はクマがお気に入りだと言ったんですよね？』

「そうです。名前を知っているだけでも驚いたのに、大翔がクマを気に入ってるというのも知っていて……」

『盗聴《とうちょう》……されている可能性がありそうですね』

「と、盗聴!?」

剣崎の言葉に和真は思わず声を荒げた。まさかこの部屋が何者かに盗聴されているなんて、そんなことがあるのだろうか。

（だって、そんなの誰がどうやって？）

部屋に誰もいない間に入り込むなんて不可能だと思う。もしもそんなことがあったら……。和真はスマホを耳に当てたまま振り返った。今はリビングに和真一人だが、もしかしたら、と考えてぞっとした。

『いや、可能性ですから、分かりません。和真くん、あまりパニックにならないでくださいね』

「はい……あ、分かりました」

スマホを持つ手が冷たくなり震えていた。和真はいやな音を立てる心臓を落ち着かせるために、シャツを掴んだ。そしてハッと気付いて和室にいる大翔の元へと急ぐ。

大翔は帰ってきたときと変わらず、布団の上で静かに眠っている。部屋の押し入れを開けて中を覗き込み、和真の部屋のクローゼットも中を確認した。トイレにバスルーム、裕也の部屋と客間、人が隠れられそうな場所を全て開けて回った。

「盗聴器なんて……どうやって探すんだ」

どこかに誰かが隠れていたら怖いと思って確認したが、盗聴器を探す術《すべ》はない。とにかく今日は外に出ないでください、と剣崎に言われた。

（出たくたって、怖くてそんなの……無理だ）

和真はあまりの恐怖に大翔の傍を離れられなかった。

剣崎に連絡をしてから数時間後、夜の二十一時頃に裕也から電話がかかってきた。

『もしもし、和真』

「裕也さん……」

『剣崎さんから聞いた。大丈夫か？　今はなにも起きてないよな？　誰かから不審な電話があったり……』

「ないよ。ないけど、怖いよ」

『そうだよな。今から剣崎さんがそっちに向かう。詳しいことは剣崎さんから聞いて欲しい。こんなときに傍にいられなくてごめんな』

「ううん。裕也さんは仕事なんだもん。仕方ないよ」

泣きそうになりながらなんとかそう返事をする。電話の向こうの裕也が、やりきれない気持ちを滲ませた重いため息を吐く。しかし裕也の声を聞けただけで、たったそれだけで和真は安心できた。

「剣崎さんが来てくれるのを待つよ。裕也さんはお仕事頑張ってね」

『ああ、ありがとう。仕事が終わったらすぐに帰るから、待ってて』

「……うん」

通話が切れて、和真の目に溜まっていた涙がひとしずく頬を伝った。スマホを胸の前で握りしめ、泣いている場合じゃない、とそれを拭う。

裕也からの電話を受けて一時間後、剣崎がマンションにやってきた。誰かがいてくれるだけで不安は軽減する。

「裕也から聞いたんですが、事務所に届いた裕也へのプレゼントで、ぬいぐるみを持って帰ってきたことがあると思うんですが」

リビングで剣崎と向かい合って座り、和真は話を聞いている。なにか思い当たる節があるような言い方をされた。

「はい。段ボールにいっぱいの動物のぬいぐるみを持って帰ってきてます。それに、入ってたんですか？　盗聴器……」

「いや、可能性があるならそれかと思います。裕也が持って帰ってきたものは、まだ事務所の人間がチェックをしてなかったので……」

剣崎が苦い顔を見せた。こちらの落ち度です、と剣崎が頭を下げる。

「ちょ、ちょっと、剣崎さん、やめてください。そんな……」

和真は慌てて立ち上がり、剣崎に向かって手を伸ばす。まさか頭を下げられるとは思っていなかった。

「裕也が持ってきたというぬいぐるみを全部見せてもらえますか？」

「分かりました。すぐに持ってきます」

急いで子供部屋に入り、おもちゃが入っている棚の中から裕也が持って帰ってきたぬいぐるみを選び出す。しかし元々あったのと、あとから買ったものが入り交じり、どれがそうなのか分からない。

（う～ん、全部持って行った方がいいかな）

眠っている大翔を起こさないよう、和真は大きなプラスチックのおもちゃ箱にぬいぐるみを入れてリビングに戻ってきた。

「かなりたくさんあるんですね」

「いえ……どれを持って帰ってきたのか分からなくて、とりあえずあるもの全部持ってきました」

「そうですか。じゃあ、調べてみます」

剣崎がバッグからトランシーバーのようなものを取り出した。テレビで盗聴器を探すときに見るようなものだ。まさかそんな機器が出てくるとは思わず驚いた。

（本格的に探すってこと？）

剣崎の行動を固唾を飲んで見つめる。剣崎が機器のスイッチを入れると、甲高い音が聞こえる。その音をダイヤルで調整していくと無音になった。

彼が探すのはぬいぐるみに付いている付属品で、ぬいぐるみ本体はあまり気にしていないようだった。機器を動かすと、ブイン……と音が出る。やはりこのぬいぐるみのどれかに入っているのだろうか。

和真は不安で不安で仕方がない。一体誰がなんのためにこんなことをするのか分からなかった。人気アイドルや俳優はみんなこんなふうにプライバシーを狙われているのだろうか。

「ぬいぐるみの中に入ってるってことはないんですか？」

「中に入っていることはまずないんです。綿などで電波が遮られてしまうので、仕掛けるとしたら、こういうぬいぐるみのアクセサリーですね」

剣崎はぬいぐるみが着ている洋服や靴、首に巻いているリボンや比較的綿の少ない耳の部分を丁寧に見ていた。そのとき……。

「あっ」

「えっ」

剣崎と同時に和真も声を発した。彼が手にしているのは大翔がお気に入りでいつも持ち歩いている、赤いリボンを首に巻いたクマのぬいぐるみだ。その首元へ剣崎が機械を持って行ったとき、不協和音のような不気味な音が鳴り響いた。

「これですね……」

リボンを解き、大きな結び目の部分をハサミで切って開いてみると、基板のようなものが出てくる。そのコードはぬいぐるみの本体内部に伸びていて、仕方なくクマの腹を裂いて開くと、携帯電池らしいものが入っていた。

「なに……これ」

「こんな悪質なのは初めてです……。和真くん、アルミホイルはありますか?」

テーブルの上に置かれた盗聴器を見つめていた和真は、剣崎の問いかけに無言で頷いた。

アルミホイルなんてどうするのだろうと思って持って行くと、その盗聴器をアルミホイルで包み始めた。

「悪質なので壊さないで持って帰ります。アルミ箔《はく》で包むと電波は遮断されるので」

「そうなんですか？　知りませんでした。こういう機械もあるんですね」

剣崎が盗聴器を調べたトランシーバーのような機器を指さす。

「今は簡単に誰でも盗聴器を買えるし、信じられないほど小型化されていますから、こうやって調べて異常がないものだけを裕也に渡しているんです」

盗聴器などを仕掛けられた贈り物が、日常的に事務所に届くという事実に和真は驚愕する。そして事務所の人間もこうして調べるのだというのも意外だった。

「知りませんでした……。怖いですね」

まさか本当に盗聴器が仕掛けられていたとは思わなかったが、見つかってよかったと思う。念のために色んな場所を剣崎に調べてもらった。他にはその形跡がなく、和真はようやく心の底から安堵した。

剣崎が来てから一時間後、日付が変わる前に裕也が帰って来た。和真の姿を見た途端、しがみつくようにして抱きついてきた。

「おかえり。仕事、お疲れ様」

「ごめん、和真……」

玄関先で和真は裕也の腕の中だ。強く抱きしめられて身動きが取れない。後ろに剣崎がいて、今まさに帰ろうとしているところなのだが。

「うん、大丈夫。剣崎さんが盗聴器を見つけてくれたし、それ以外にはないって。調べてくれたよ」

和真の言葉を聞いて、ようやく裕也が腕を解いてくれる。後ろに立っている剣崎を見つけた裕也は、なにか言いたげな顔をしたが、言葉は発さなかった。

「裕也、私は事務所に戻るよ。このことを社長にも話さないとだめだから」

「ああ、分かった。剣崎さん、ありがとう」

二人で剣崎を見送って、リビングに戻ってきた。そこにはおもちゃ箱に山積みになったぬいぐるみと、壊れてしまったクマのぬいぐるみがそのままだ。それを見て裕也が眉間に皺を寄せた。壊れたクマを手に取った裕也は、それを憎々しげに見つめている。

「裕也さん……」

「全部、聞かれてたのか。ここでの会話も、このクマと一緒にいたときの全部を……」

裕也は手に握ったクマを憎々しげに見つめている。そしてハッとなにかに気付いた彼は、子供部屋に足を向けた。部屋では大翔が小さな寝息を立てている。その脇に膝を折って座り込むと、そっと大翔の頭を撫でた。

「ごめんな、大翔。なにも知らないで、俺が持って帰ってきたから……」

大翔を起こさないように何度か頭を撫でて、裕也は立ち上がった。傍にいた和真の手を掴んで歩き始める。

「あのっ、裕也さん？　どうしたの？」

「怖い思いをさせて、本当に悪かった」

リビングに座らされ、改めて抱きしめられる。もういいのに、とそんなふうに思ったが、和真は言葉にしなかった。

「伝わってるよ」

裕也の背中に腕を回し、撫でながら静かに答えた。僅かに裕也の緊張が緩んだ気がして、和真もホッとする。腕を解かれたが、離れて欲しくないというように裕也が和真の肩を引き寄せた。

「少し前に、父に電話をした」

予想外の言葉が飛び出して、和真は思わず顔を上げた。至近距離に真剣な面持ちの裕也の横顔がある。彼の言葉の真意が分からず見つめていると、チラリとこちらに視線を向けて微笑んだ。

「今、父は海外で映画の撮影をしていて、大翔のことはしばらく伏せておこうって社長と話してたんだ。驚かせると撮影に影響するかもしれないから」

「そうだったんだね。知らなかった」

「一応、母にも連絡しようと考えたけど言わなかったよ。あの人、ものすごく気が強いから、言ったら絶対帰って来るだろうし。母が原因で世間にバレかねない」

「そんなお母さんなんだ」

和真は声を殺して肩を揺らす。夢野レイナは強い女性という印象だったが、実際も相当気が強いらしい。

「そんな母だよ。で、父の方の撮影が終わったから、電話をした。驚いてたよ」

「だよね……」

「でも今はとにかく、和真を癒やしたいな」

「え？」

頭にキスをされてドキッとする。裕也の声が甘くやさしいものに切り替わったからだ。

こういうとき、どう反応していいのか分からない。

「なに、照れてるの？」

「照れてるっていうか……うん、そうかも」

もじもじしながら俯くと、かわいいなぁ、と裕也がさらに強く肩を抱き寄せてきた。甘いトワレの香りを感じると安堵する。ここが自分の場所なのだと思えた。

（いつからそう思うようになったんだろう）

初めはファン心理でドキドキしていたのに、今はこうして裕也に抱かれると安心する。たった数日の変化に驚いているのは和真だった。

「今日は怖い思いをさせたから、俺が癒やさないとな」

「い、癒やすって、どう、するの？」

分かってるくせに、とニヤニヤする裕也を見て顔が真っ赤になる。言わんとしていることが分かる。しかし和真は経験がないし、知識だけはネットで仕入れたものの、到底自分にできるか分からなかった。

（やっぱり、するの？　あれを……入れ……）

想像したのはバスルームで見た裕也の屹立だ。通常の状態であの大きさだとしたら、きっと和真の中には入らないだろう。だとしたらどうするのか？　と頭の中でそのことばかりがグルグルした。

「なに考えてる？　さっきから百面相だけど」

「えっ！　いや、別に、なにも……」

「なにも？　嘘だろ。そんな真っ赤な顔をして……あ～、和真、エッチなこと考えてたろ」

「そ、そんなっ！　そんなことなっ」

弁解しようとした口を塞がれた。触れるだけのキスは何度もしたのだが、濃厚で相手の反応を見ながらするキスには慣れない。

「う……んんっ、は、ぁっ……、あふ……」

一度だけ息継ぎをさせてもらえたが、二度目に唇が合わさったときは容赦がなかった。かぶりつくように裕也の舌が口腔へ入ってくる。顔を両端から押さえられ、和真の体は大きなソファの座面に押し倒されていく。裕也のキスは甘すぎる。とろとろにさせられるし、他のなにも考えられなくなってしまうのだ。

「んっ、く……ぁっ、ふ、ぁ……」

緊張していた気持ちを裕也が根こそぎ吸い取って行くように、余すところなく全て舐められた。それが気持ちよくてされるがまま蕩かされる。いつの間にか目を閉じて、裕也のキスを堪能した。

「キス、好きだよな」

「あ……え？」

ぽやんとした顔で裕也を見上げると、彼の手が隙のない手つきでシャツを捲り上げている。大きな手が和真の細い脇腹を這っていて、肌を愛撫されると体が跳ねた。

「あっ、やっ……！」

恥ずかしくてシャツを下ろそうとしたが、手首を掴まれそれを裕也に阻止される。

「もう分かるだろ？　ただのキスだけじゃないって」

「わか、分かる、けど……でもっ！」

「大丈夫、やさしくする。和真が初めてなの知ってるから」

「痛く、しない？」

不安げな顔で裕也に問うと、かわいいなぁ、とため息交じりに言った彼が、唇にちゅっとキスをした。

「痛くないよ。気持ちいいことだけする。約束だ」

そう言ってくれて和真は安心した。安心してしまった。痛くはないし、気持ちいいことだけ。しかし恥ずかしくはない、とは言っていなかった。すっかりその確認を忘れた和真は、裕也の大きなベッドの上でかなり色っぽい格好になっていた。

上着のシャツはボタンがひとつだけしか留まっておらず、左の肩がこれでもかと露出している。パンツと下着は剥ぎ取られた。

「あの、あの、裕也さん……仕事で、つ、疲れてない？　別に今日じゃなくても……」

「今日じゃなくてもいい？　それどうするの」

和真は裕也がベッドの脇で服を脱いでいる姿をちらちら見ている。この期に及んで羞恥に飲まれそうになっていると、シャツで隠している下半身を指さされた。

「あ、これは……自分でなんとか……」

「おかしいな……。俺と和真は恋人になったんだよな？」

ボクサーパンツ一枚になった美しい裸体の裕也が、腰に手を当ててニヤリと口元に笑みを浮かべて見下ろしている。

「そう、なんだ、けどね……」

笑って誤魔化そうとしたのに、それが見事に失敗して頬が引きつる。ベッドへ上がってきた裕也が、和真に触れることなく、その手前で膝を立てて座った。

「ほら、おいで」

自分でこの手を取って、と言わんばかりの仕草で手を伸ばされた。だが裕也がそれをすると、いやらしさより誘惑するような色気と格好よさが全面に出てしまうようだ。

（か、格好いい……なにそれ〜！）

自分のあられもない姿が恥ずかしい気持ちがどこかへ飛んでいった。左肩のシャツをグイッと上げて、裕也の手を目指してにじり寄る。まるで催眠術にかかっているかのような感覚で、裕也に見惚れた和真はゆっくり手を伸ばした。彼の情熱的な視線に吸い寄せられて、和真は左手を乗せる。

「あっ！」

「痛くしないから、そんなに怖がるな」

裕也の腕に抱かれて体温を感じ、彼の胸に耳を付ける。思った以上に鼓動が早い。

（裕也さんも、緊張してる？）

そう思ったが違っていた。太腿に当たる硬い欲望に、彼が緊張より興奮しているのだと分かった。それは和真も同じで、シャツに隠した内側は淫らに勃起している。

「こ、怖がってないよ……その、ただ、恥ずかしくて」

「そう。でも恥ずかしいって言ってられなくなるよ」

裕也の手がシャツの最後のボタンを外した。前がはだけ肩からシャツが脱がされる。恥ずかしくて顔が上げられない。裕也の手が背中から肩先へ移動し、愛撫されて和真はビクッと反応する。

「そんなびっくりしないでいい。ほら、顔を上げて」

細い顎先を掬われ、上を向かされる。自分がどんな顔をしているのか分からない。でも、余裕の笑みを浮かべていた裕也が、驚いた顔になった。

「あの、僕……なにか、変？」

「変っていうか……なんて顔、してるんだ」

腕を掴まれたかと思うと、勢いのままベッドに押し付けられる。体が弾んだ瞬間、思わず目を閉じた。

「裕也、さ……、んんっ」

忙しなくキスをされ、裕也の手が脇腹から上へ滑ってくる。やさしく撫でるように胸先を触ったかと思うと、キュッと摘まみ上げられる。

「あっ、やっ……」

裕也のキスを解いて声を上げる。視界に飛び込んできた彼の顔は、いつもの余裕のある表情ではなかった。欲情した男の素顔に、和真も自ずと興奮させられる。

「敏感だな。ここ、触ったことある？」

「な、ない、あっ……や、ん……」

指先で小さな突起を捏ね回され、痛痒いような刺激が下半身を直撃する。爪の先で弾かれ、きつく摘まみ上げられると痛みと快楽が同時に和真を襲う。喉元に唇を寄せてキスをしていた裕也が、徐々に下へ移動し始めた。

「んっ、あ……っ」

自分の口から出る声が恥ずかしい。思わず両手で口を塞いだ。

「声、なんで我慢するの」

「だって、だっ……て！　あぁっ！」

乳首を弄っていた手が和真の手首を掴んだ。口から離されてそこからあられもない声が漏れる。両手首をベッドに縫い止めたまま、彼の唇が下へ移動し硬く凝った突起に吸い付いた。

「は、あぁっ、んんっ！」

生暖かい舌が和真の乳首を舐める。舌先で転がすようにされたかと思うと、唇で挟んでやんわりと食んできた。さっきまで指で弄られていたので敏感になっている。

「やだ、やだ……しないで、それ、あ……っ、ぁ……っ」

乳首に歯を立てられてビクッと肢体が跳ねた。こんな感覚は知らない。裕也に胸を舐められて、和真の屹立は物欲しげにピクンと動く。腰を撫でていた手がするすると下へ移動する。太腿を何度か往復して、その手が和真の一番敏感な部分に辿り着いた。

「硬いね。先も濡れてる」

「触ら……ないでっ、あっ、だめ、そんなに、したら……っ」

裕也の手が和真を包み込んだ。指先で鈴口を愛撫され、あふれ出るいやらしい液体を塗り込められた。腰を引いて逃げようとしても、裕也の体がそれをさせまいと押さえ込んでくる。

「そんなにしたらどうなる？」

「あっ、あっ……だめ、あぁっ！」

軽く扱かれ、亀頭を擦られただけで呆気なく弾けてしまった。鋭い快感が一気に体の中心を駆け抜けていく。そのあとも続く快楽に体の震えが止まらなかった。腰が不規則にかくかくと動く。

「あ、イっちゃったか」

「も……、だから、だめって……言って……」

泣きそうな声で文句を言いながら、解放された右手の甲で目元を隠す。頭が痺れたようにじんじんしている。射精したのに快楽が引かなくて混乱する。さらに萎えない和真の熱塊を、裕也の手が離してくれないことに驚愕した。

（嘘……だって、今、出したのに、なんで、なんで治まらないの？）

裕也が白濁を潤滑剤《じゅんかつざい》に、手の中で和真の硬直を弄ぶ。その刺激が再び快楽を呼び寄せた。

「あんまり慣れてないんだな。大丈夫、怖かったことを全部忘れさせるから」

「あっ、また……それっ」

裕也が和真の熱塊をゆるゆると扱き始める。あの綺麗な手が自分の出した白濁で汚れているのかと思うと、背徳感にぞくぞくしてしまう。頭を上げ、今の自分の状況を確認するように見下ろした。

和真の片足を肩に抱え上げた裕也が、今まさにその熱塊《ねっかい》を口に入れようとしていた。

（え……そ、んな……っ）

「だめっ、それ、そんな、だめ……汚いか、ら……あああぁっ！」

両手で裕也を阻止しようとしたが、一歩遅かった。和真の控えめな雄は、根元まで彼の口の中に含まれてしまう。生温かい口内で、舌が幹を這いまわる。白濁で汚れたそれを口に入れるなんて……と和真はパニックだ。

「や……ぁ、い、なに、もう……あぁっ、そんなに、しないで……あっぁ……」

「気持ちいいときは、いいって言うんだよ。和真のここは、ほとんど毛が生えてなくて綺麗だね。これも……かわいらしい」

熱塊の先端を舌先でちろちろと舐められ、右手が和真の薄い草原を撫で回す。体毛のほとんどない和真は、脱毛もしていないのに腕も足もつるつるだ。それは男っぽくないと思っていて、気にしていることのひとつだった。だから裕也にそう言われ、恥ずかしさが上乗せされた。

「やだ、もう、そんな、いやだ……」

無意識に腰が動き始める。じゅぶじゅぶと卑猥な音が和真を追い詰め、ついさっき射精したばかりなのに、迫り上がってくる快楽に耐えなければだめなほどだ。裕也に口淫されている罪悪感は、あっさりと快感に押し流されてしまった。

「気持ちいい？」

「い、いい……ぁ、あぁ……いい、気持ち、い……溶けちゃう……あぁっ」

聞かれて感じるままを口にしていた。こんなに強い快感を知らなかった。自慰行為もそんなにしない和真だったので、すぎる快楽に体がおかしくなりそうだ。

裕也に屹立を口淫されながら、胸まで弄られる。

さっきまで尖りを散々舐めて吸われていたので、そこは敏感に勃ち上がり薄いピンクの乳輪は赤く腫れて唾液に濡れていた。そこを再び攻められ、指先を掠めるように刺激されると声が漏れる。

「は……ぁ、すごい、それ……、ここ、も、こっち……」

左ばかり構われて、右の乳首が寂しくなった。じいん……と焦れったさを溜めた右の乳首を自分で触る。こんな場所は自分で触っても気持ちよくないと思っていた。それなのに今は自分で触れてもそこから甘い快感が生まれる。

「自分で弄ってるのか？　経験が浅いくせに和真はエッチだな。もしかしたら、淫乱なのか？」

「そんな、い、淫乱なんかじゃ……っ、ひっ！」

裕也の言葉に思わず左手を引き、和真は上半身を起こす。同じタイミングで彼の右手があわいの先にある、小さな窄まりを撫でた。

「ここの淫乱具合、見てあげるよ」

濡れた口を手の甲で拭いながら、裕也が体を起こした。和真の脳裏にネットの動画シーンが過る。大柄の男性が細身の男性の背後から、太い硬直を押し込んでいるシーンだ。後孔は拡がってずっぽりと肉棒を飲み込み、そうされている男性は恍惚に喘《あえ》いでいた。

怖い、と思ったのは数秒で、快楽に悩ましげな顔をする男性を見ているうちに、和真は自分の屹立が強《こわ》ばるのを止められなかったのだ。

（でもあんなの、入れたら壊れる……っ）

視線の先にはバスルームで見たときより何倍も大きい硬直がある。規格外のものが標準的な和真に入るはずがないのだ。物理的に考えて絶対に無理だと思った。

「それ、ゆ、裕也さんのそれ……大きすぎて、入らないよっ」

足を閉じた和真は、膝を揃えて体を小さくした。大丈夫だよ、と余裕のある笑みを見せた裕也が、ナイトテーブルの引き出しからボトルを取り出す。

「はい、こっちに来て」

「わっ！」

足首を掴まれて引き寄せられた。驚いて反射的に背中を向けて逃げようとしたが、腹に手を回されがっちり捕まえられた。今までにないくらいに心臓が胸の中で暴れている。

裕也は怖くないと言ったくせに、こんなに怖がらせるなんて聞いてない。だが、やめてと言っても恐らく止まらないだろうことも理解している。

「後ろ向きの方がいいよ」

「なにっ、なに、裕也さんっ」

「はいはい、暴れない。恥ずかしいのは初めだけ」

そう言って、パキンとプラスチックの蓋が開かれる音が聞こえて、中の液体が尻にかけられた。

「ひっ！　冷たいっ」

「最初だけ最初だけ……」

ぬるぬるしたローションを尻に広げられ、その指がさっき撫でられた窄まりに触れる。それだけで体がビクンと緊張した。

「あ……、あ……、や……だ」

「ほら、こうして撫でて周りの筋肉を解していくと、やわらかくなるんだよ」

ぬるんと後孔に指が入った。体をびくつかせた逃げ腰の和真を、裕也ががっちり掴まえている。

「……っ！　は、は……いって……」

「うん。人差し指、第一関節だけだよ。痛くないだろ？」

「痛くない、けど……なんか、変な感じで……」

「大丈夫、それも最初だけ」

裕也の指がぬぷぬぷと後孔の中を出たり入ったりする。第一関節だけなので圧迫感はないし痛みはないが、異物感がすさまじい。

「あ、あ、ひぁっ、あ、あぁ……んんっ！」

尻を上げ頭をベッドに押し付けた体勢で、和真はシーツを握りしめて涙目になっていた。

これをしなければきっと裕也のあれは入らない。無理にすると怪我をするというのを裕也は分かっているのだ。けれどあまりの羞恥に涙が零れた。

「今、俺の指が何本入ってるか分かる？」

「はぁ、あぁっ、なに、一本……？　あっ！　そんな、奥までそこ、やぁっ」

ぐちゅぐちゅと出入りする指が和真の肉壁を引っ掻く。なにかを探るような動きをしていた指先が、ある部分をやんわりと押し上げた。その瞬間、強い刺激が脳天を突き抜けていく。

（なに……なに今の……？　やだ、怖い……なに）

あまりに驚いて、和真は息をするのも忘れていた。その間も肉筒の中を裕也の指が動く。一本だと思っていた指は二本だった。その二本が後孔を拡げるような動きを見せて、何度も抽挿を繰り返す。そしてさっきのポイントを通過するたびに、ビリビリと電気が体の中を駆け巡った。

「指、二本だよ、和真。ほら……これで、三本」

「んんっ、ぁっ！　い、一緒に、しないで……っ」

裕也の手がすっかり小さくなった和真のペニスを掴んできた。ローションで湿った手が、双果と一緒に弄り回してくる。前と後ろを同時に刺激されると射精感が体の中で暴れ出す。

初めて味わう恍惚《こうこつ》とする快楽に、和真は涕泣《ていきゅう》するしかない。

「あ、大きくなってきたね。気持ちいい？　和真？」

声が出せず、はっはっと荒い呼吸を繰り返していた。裕也が話しかけているのも気付かなくて、ただ体の中を駆け回る快感に陶酔する。

「し、んじゃう……気持ちよくて、死んじゃう……」

「和真、こっち向いて」

後孔から指が抜かれる。指が出入りしていたそこには、まだなにか入っているような感覚が残る。ベッドに横たえられた和真は両脚を大きく開かされ、その間に裕也が体を滑り込ませた
「あ……裕也、さん……僕……変、だよ」

「ん？　なにが変？」

和真の上に被さってきた裕也が唇にちゅっとキスをした。頬や顎の先、首筋から耳朶まで、いろいろなところにキスの雨を降らせてくる。もちろん色付いて膨れた二つの突起にも丹念にキスをしてきた。

「和真？」

「後ろ……奥が、変なんだ……」

「どう変なの？」

今の感覚をどう言っていいのか分からず、涙目で裕也を見上げた。むず痒いような、もっと中を弄って欲しいなんて言えない。

（中、痒いよ……もっと、擦って欲しいなんて、僕、なんでこんな……）

発散されないままの燻った熱が、腰の奥で渦巻いている。そっと自分の手で屹立を掴み、たまらず扱《しご》こうとした。それを早く出したい、その一心だった。

「こら、なんで自分でしようとしてるんだ？」

「あっ、やだ、もう……出す……出したい」

甘えるような声で言うと、煽りすぎだよ、と裕也が体を起こし和真の両脚の膝裏に手を入れてくる。大きく上へ上げられて、蕩けきった後孔に彼の切っ先が押し当てられた。

「自分でするのはなし。俺が全部するんだから、だめ」

熱塊を掴む手を払われる。切なくてつらくて泣きそうだった。もう限界なのに、もう今すぐに出したいのに。

「こっちと一緒に……してあげるよ」

肉環が裕也の太さに合わせて拡がっていく。裕也がこちらを見下ろし、和真も目を閉じずに彼を見つめていた。

「あ、あ……拡がっ……て、や、怖い、あっ、んっ、ぅん……っ」

「大丈夫、上手に飲み込んでるよ。ほら、一番太いところが入った。痛くない？」

「はっ、はぁっ、い、痛く、ない……っ、あ、大き、い……っ」

自分の中へ裕也が這い入ってくると、待っていたかのように和真の媚肉《びにく》が纏わり付く。指とは違う太さに圧倒され、本当にあの巨根《きょこん》を自分の後孔が受け入れているなんて信じられない。

「うん、大きいだろ？　でも、和真のここ……俺のと相性いいのかな。ぴったりだ」

「あ、ゆ、ゆっくり……あ、奥まで、きてる……」

ゆっくりしてるよ、と裕也の甘ったるい声がする。ずぶずぶと信じられないほど深く這い入ってきた猛々《たけだけ》しい怒張《どちょう》が、最奥にキスをした。

「和真、俺のが全部入った。分かる？　ここ、拡がって……ああ、うねって中が動いてる」

「いっぱいになってる……すごく、熱い。裕也さん……すごい、よ」

そっと手で下腹部を押さえた。僅かに膨れたそこに裕也の熱を感じる。どくどくと脈打つ硬直の存在感に感動していた。本当に裕也が体の中にいるのだ。初めてなのに痛みがないのは、裕也が丁寧に解してくれたからだろう。

裕也は繋がったところを指で撫でていて、くすぐったいようなもどかしさに後孔をきゅうっと締めてしまった。

「んっ、和真……少し、力を抜いて」

「えっ、やっ……ぁ、なに……？」

和真の下腹部でひくひくと反応していた熱塊を握られた。ローションで滑るそれを、ゆっくりじわじわと扱いてくる。すると後孔が不規則に痙攣しながら緩んでいく。

「そう、いい子。これで中を擦ってあげられるよ」

ずず……と肉筒の硬直が動き出した。まるで内臓をまるごと引っ張り出されるかのような感覚に怖くなる。

「はっ、あ、あっ、やだ、こわ、怖い……中が、あっ！」

やめて、と言おうとした和真だったが、裕也の硬直があの敏感な部分を通過する。怖い、いやだ、やめて……再びそう思った次の瞬間――。

「ああっ！　ひっ、ぁ……きもちい……そこ、ああ――っ！」

和真の言葉に裕也が止まり、ここだろ？　と色っぽい声で囁いた。その場所を亀頭で擦るようにして往復し始める。浅く早く、ときどき突き上げるように攪拌《かくはん》されると、もうたまらなかった。

「あ、あ、あふ……っ、んっ、あ、あ、そこ、すご、い……いいっ」

恥ずかしいも怖いも全てが吹っ飛んだ。下半身が溶けてなくなったかのような感覚に、和真は魅了されてしまった。裕也が教えてくれる最上級の快楽だ。

「気持ちよさそうな顔。とろとろになってる。こっちも……触らなくても気持ちいいだろ？」

和真の熱塊を弄っていた手が放された。けれど中から湧き出る気持ちよさに支配され、和真は艶めかしく腰を揺らす。このまま永遠に愉悦の中を漂っていたいとそう思ったが、裕也の怒張が再び奥を抉る。

「んああっ！」

強い刺激に背中が弓なりに反った。両手がベッドシーツを握りしめ爪が白くなる。後頭部をマットレスに押し付け、大きく開いた瞳にあふれそうなほどの涙を浮かべた。瞬きと同時にそれが眦から零れ落ちる。

「ここは、どう？　痛くはないだろう？」

「く……はぁっ、あ、あぁ……っ」

まるで絶頂を極めたような快感だった。これでまだ達していないというなら、裕也に攻められて極めたら、一体この体はどうなってしまうのだろうか。

「ん……っ、締まる。奥を突き上げたら、もっといいよ。和真、俺の声が聞こえてる？」

下腹部の奥からじんじんと湧き上がる強烈な快楽に、全身が痺れて思考がまともに動かない。裕也の声も聞こえなくて、ただ体の中にある熱い硬直に夢中だ。

（ああ、気持ちいい……なにこれ、熱い、どくどくして……体が痺れて、もう――）

つい数時間前に恐ろしい目に遭ったことなど、もう頭のどこにも残っていない。怖くて大翔を抱えて走り、剣崎がマンションに来るまで怯えていた。それなのに、今はただただ気持ちよくて死んでしまいそうだった。

「一番奥と、浅い部分を知ったら、今度は……これだ」

最奥にキスをしていた裕也が、ぐぐっと腰を引いて熱塊を動かした。その瞬間、また新たな快感が生まれる。

「ん、あっ！　ひっ、あ、あぁっ、も、なに、もう……これ、すご、い、すご……っ」

ぐちゅぐちゅ、と卑猥な音が聞こえて、和真の中を逞しい硬直が往復し始めた。指で弄られていたときとは全く違う。中を激しく擦られる気持ちよさに声が抑えられなかった。

「は、ふっ……んぁあぁ！　あ、あ、あ、あぁ！」

「こっちはだらだらエッチな蜜が出てる。気持ちいいな、和真。俺も、いい」

視界が揺れる。裕也の熱塊が和真の中を何度も出入りして、なにもかもが気持ちいい。自分の淫猥な声に感じている。信じられなかった。二人の間で摩擦されたローションが白く泡立ち垂れる。

「あ、あぁっ、もう、だめ、もう……いく……！」

「いいよ、一緒に行こう」

裕也のその言葉が合図のように、さらに抽挿が激しくなった。意識が飛んでしまいそうなのに、声が止められない。強すぎる快楽にどうにかなりそうだった。

「い、い……ぁっ、ああああ――っ！」

体の奥深くから膨れ上がった快感が弾けた。神経が焼き切れそうなほどの絶頂に、意識が白い光に飲まれていく。

「すごい、締まる……っ」

強く腰を押し付けられて、裕也の動きが止まる。しかしそのとき、和真の意識は遠い彼方に飛んでいた。慈しむような瞳で見つめられ、やさしいキスをされたことは知るよしもなかった。

第六章　真　相

裕也に激しく抱かれた日から一週間が過ぎた。あの日から和真の周りで不審なことは起こっていない。というか、外出を極力控えているというのもあるので、当たり前なのだが。そしてことあるごとに、手を止めてぼんやりしてしまう。

（あんな、あんなすごい……やらしいの、初めて知った……）

恋人になったとはいえ、セックスがあれほどまでに過激なものだなんて、未だに信じられない。キスだけでもとろとろにされ、裕也の綺麗な手が和真の後ろを弄り回し白濁まみれになった。口でも愛され、最後はあの長大な熱塊で突き上げられ意識を失った。なにもかも初めてでこれまでは知り得ない快楽だった。

今日は大翔の一人遊びで興奮する声で目が覚めたが、部屋に裕也の姿はなかった。どうやら大翔にご飯を食べさせおむつを替え、早朝に仕事に出たようなのだ。

（眠ってる僕に気を遣ってくれたって……ことだよね）

携帯には『たまには朝寝坊をしてもいいと思うよ』と裕也からのメッセージが届いていた。どこまでも和真を甘やかしてくれる。時間がない中でも、裕也はミルクを作ったりおむつの世話まで、すっかり全てできるようになっていた。初めの頃に比べてパパぶりは上がっている。

（恋人にしてもらったけど、でも……大翔の母親が見つかったら、大翔は……裕也さんが面倒を見るの？　それとも母親の元へ行くのかな）

裕也と大翔の母親が、大翔を思ってよりを戻したら和真はどうなるのだろう、とそればかりを考える。裕也がゲイだといっても、大翔のために母親と一緒にいることを選ぶだろう。それが自然だと思うからだ。

（そうなったら、僕は……どうすればいいんだろう）

今は恋人でいられるけれど、近い将来きっと——。

ゴウンゴウンと回る洗濯機の前でいる和真は、洗濯のスタートボタンを押してからしばらくそこに立っていた。

「あ～ぅ、あ～ぅ、あ～、あ～ぅ～」

リビングで一人遊びをしている大翔の声を聞いてハッとした。ぼんやりしている場合ではない。洗濯をしている間に部屋を片付けて、来客用のカップを出さなければだめなのだ。

今日は和真と大翔にとって大切な人がやってくる。大急ぎでリビングの掃除を始めた。

「大翔～今日はパパのパパが来るんだよ～。泣かないでちゃんとこんにちはしようね」

リビングのキッズエリアで大翔が一人遊びをしている。ブルーとピンクの低反発マットの周りを、高さ二十五センチ、幅四十四センチほどのやわらかなブロックがぐるっと囲んでいる。大翔の身長では乗り越えられないので、その中に座らせれば安心だ。最近ではそのブロックに掴まって伝い歩きするようになり、ぴょこんと頭を出す姿が愛らしい。

「あっ、あっ！　ん～まっ！」

和真の近くまでハイハイでやってきた大翔が、ブロックに手を置いてその場で立ち上がった。

「立っちが上手になったね」

和真が微笑むと、それに釣られたかのように大翔も笑顔になる。茶色の大きな瞳がうれしそうで、笑うと小さな下の歯が見えてかわいらしい。それを見てまた誘われて和真も笑顔になる。

以前、公園で大翔が靴を履いて立っている写真と動画を撮った。それを裕也に送って反応を見たかったのだが、そのあとにストーカーに合ってしまいそれどころではなくなった。

裕也と濃厚で熱い夜を過ごした翌日も顔を合わせられなくて、大翔が初めて立てたことについて話したのは三日後だった。

――そういえば、大翔が立ってたあの写真と動画、すごく驚いた。俺も初めての立っち現場にいたかったよ。

大翔に朝ご飯を食べさせてくれていた裕也が、思い出したように言ったのだ。実際、驚かそうと思っていたので、和真の目的は達成された。それから少しでも時間ができると、立ってみようか、と大翔を立たせようとしていた。

今はもう大翔が伝い歩きを始めているので、子供の成長は早い、というのが裕也と和真の口癖になっている。

和真は時計を見上げて時間を確認し、よし、と言って腕まくりをする。

「大翔、もう少しそこにいてね。僕、ここを片付けたらお客様をお迎えする準備をしちゃうから」

「あっ、あ～うっ」

まるで返事をするように大翔が喋る。そして和真は大急ぎで作業に取りかかった。とはいえ、やることはそんなに大げさなものではない。とにかく部屋を片付けることだ。そしてお客様用のカップを準備する。

（裕也さんのお父さん……嵩美浩太郎、だもんね。ああ……緊張してきた）

キッチンでカップを濯《すす》ぎながら、ふと恋人の家族に会うのだと意識してさらに動揺してしまった。思わず手に持っていたカップを落としそうになる。

(別に結婚するわけじゃないんだし、大丈夫だよね)

なにを一人で舞い上がっているのだと恥ずかしくなり、余計なことを頭から追い出して作業に没頭するのだった。

裕也が父親の浩太郎を連れてマンションへ来たのは、部屋がすっかり片付いてお茶の準備もできて一時間後の午後だった。

「は、初めまして。僕、大翔くんのベビーシッターをしています、長尾和真と申します!」

玄関先で浩太郎を見るなり九十度に体を折り、緊張モードで自己紹介をした。二人はそんな和真をぽかんとした顔で見つめている。

浩太郎と裕也が二人並ぶとやはり圧巻だ。親子だけあって二人とも長身で雰囲気がよく似ている。裕也が年齢を重ねていけば、浩太郎のように渋い俳優になるのかなと想像した。

浩太郎はスクリーンやテレビ画面で見るよりも温和な印象だ。ロマンスグレーの髪と目元は少し下がり気味で柔和《にゅうわ》に見える。笑うと目尻に皺ができてやさしげだ。

そしてやはり私服もオシャレだった。真っ赤なスラックスに白のスプリングセーター。その上には濃紺のジャケットを着ている。首には赤いストールを巻いていた。

同じくらいの年齢の人が気軽にできる服装ではない。嵩美浩太郎だから似合うファッションなのかもしれない。

（でも、裕也さんは少しだけ海外の血が入っているから、また違った雰囲気になるのかな。それはそれで格好いいんだろうな～）

和真は挨拶をしたあとに、ぽわんとした顔のまま二人を眺めていた。

「和真、そんなにかしこまらないでいいよ」

肩を揺らして笑う裕也を見て、久しぶりに顔が真っ赤になるくらい恥ずかしくなった。

「だ、だって……嵩美、浩太郎さんだよ⁉　あの浩太郎さんだもん、緊張するよ」

「俺はあの嵩美裕也、だけどね」

裕也が少しむっとした顔で変に対抗してくるのでおかしくなった。まるで嫉妬でもしているみたいだ。

（え、嫉妬……？　してる⁉）

まさかと思っていたがどうやらそのようだ。まさかあの裕也に嫉妬させるなんて自分に驚きである。

「おいおい、こんなところでいちゃつかないでくれないか？　いつになったら部屋に上げてもらえるのかな？」

「あ、す、すみませんっ！　こちらにどうぞ」

「じゃ、お邪魔するよ。と言っても、数カ月前までここは私の住居だったんだけどね」

今は鎌倉に新居を建てたからそっちにいるよ、と言いながら和真の後ろを浩太郎が付いてくる。ドキドキしながらリビングへ案内すると、真っ先に大翔を見つけて近づいた。

「お、これが噂の大翔だな」

浩太郎が大翔に触れようとしたとき、その手を裕也が止める。

「父さん、大翔に触る前はちゃんと手を洗って欲しいんだけど」

「おっと、そうだった」

裕也の言葉を聞いて浩太郎が出した手を引っ込めた。そして勝手知ったるという感じで洗面所に歩いて行き、すぐに戻ってくる。

「よし、今度はいいだろう。大翔～初めまして。裕也のパパですよ～」

キッズエリアにいる大翔は、ブロックの縁を掴んで立っていた。初めて見る浩太郎を見上げ、興味深げな目をしている。

「ん～、あっ、あ、ぶ～あ～、う～」

両脇に手を入れた浩太郎が大翔を抱き上げた。腕に小さな尻を乗せ、笑顔で大翔に話しかけている。大翔は浩太郎の顔を見て、知らない顔であることを認識しているようだ。けれど泣く様子は見せず、真顔のままでなにか喋っている。

「え……大翔が、泣かない」

裕也がぼそっと呟いた。もう顔を判別できるから、初対面の浩太郎が抱き上げると絶対に泣くと思っていたらしい。それなのにけろっとした顔をして浩太郎の腕に座っている。それを見て初めは驚いていた裕也だったが、なぜかその顔がまたむっとなった。

(きっと、人見知りの大翔が呆気なく浩太郎さんに抱っこを許したから、嫉妬……。あ、また嫉妬?)

なんとなく裕也の素の部分を見た気がしてうれしくなる。今まで生活してきて、いろいろな裕也の姿を見たけれど、いつも余裕があって大人でやさしく格好よかった。夜には強引で少し意地悪だがセクシーでエッチな彼を見せられ、俳優の裕也とは違う一面はどの瞬間も和真にとっては宝物だ。

二人が来てから二十分ほどして、浩太郎のマネージャーである高木《たかぎ》と剣崎が姿を見せた。

高木はまだ浩太郎のマネージャーになってから日が浅いという。しかし仕事はできるので頼りにしていると裕也に聞かされていた。確かに見た感じは二十代後半くらいに見える。スーツ姿で黒縁眼鏡をかけている高木は、普通のサラリーマンのようだ。

和真は高木とも挨拶を済ませ、二人をリビングに案内する。これで関係者が全員揃った。

リビングテーブルにはコーヒーカップが五つ並んでいて、ゆらゆらと優雅な湯気が上がっている。そして場の空気は至って重い。元気に遊んでいるのは大翔だけだ。

「まずは、これを見てもらえますか」

剣崎が鞄からいくつかの封書を取り出してテーブルへ並べた。以前にも見せてもらった大翔と一緒に置いてあった置き手紙と、初めて見る白い封書だ。

「私は、裕也に子供がいたとだけ聞かされて、ここに来たからねぇ。まぁどんな形にしても孫ができたのだからうれしいことだよ」

浩太郎が大翔の方を見てにっこりと微笑んだ。だがテーブルの手紙を手に取った浩太郎が怪訝な顔になった。

「浩太郎さん、どうかしました？」

剣崎が彼の様子がおかしいことに気付いて声をかける。しかし浩太郎は手紙の文字を見つめたままなにも言わなかった。その隣にある封書を取った剣崎が、中の手紙を広げてそこに置いた。

「剣崎さん、この手紙は？」

「これは、事務所に届いていた裕也さん宛てのファンレターの中から見つけました。宛名もなにも書いてなかったのですが、筆跡と内容から同じ人からのものだと判断しました」

剣崎が手紙を広げ、その隣に浩太郎がメモを並べた。手紙の方には美しく上品で、読みやすい文字でこうあった。

『本当に勝手なことをしたと思っています。私のことは軽蔑されたことでしょう。ですが、大翔を育てたくても、私にはもう時間がありません。ごめんなさいと、謝罪をしても許されないと分かっています。大翔にだけは幸せになってもらいたい母心を、どうかご理解ください。大翔のことを、どうぞよろしくお願いいたします』

手紙の内容を初めて読んだ和真は、大翔の母親に一体なにがあったのだろうと心配になった。きっとここにいるみんなも同じだろう。だが浩太郎だけは他のみんなと違って驚いた顔をしていた。

「かれんの字だ」

浩太郎がそう呟いたのを裕也は聞き逃さなかったようだ。視線が一斉に浩太郎へ集まる。

「父さん……花野井かれんを知ってるのか？」

顔色を変えたのは裕也だ。だがそれ以上に浩太郎の方が険しい表情をしている。

「知っているというか……」

言葉を詰まらせた浩太郎がしばらく沈黙し、花野井かれんとの関係を話し始めた。知り合い程度だと思っていた和真たちは、浩太郎の話を聞いて絶句する。

それはちょうど二年前、裕也が主催したパーティーのすぐあとの出来事だった。

「私は妻と離婚調停の真っ最中だった。レイナはすぐ家を出て行ってしまって、ずっと家のことをしてくれていた家政婦も連れて行ったんだ。それで新しい家政婦さんを頼んだ」

そうしてやってきたのがかれんだったのだという。おっとりとして物静かで、気遣いのできる清楚な美人だった彼女に、浩太郎はひと目惚れしたという。そして浩太郎のところで家政婦の仕事を始めて間もなく、二人は関係を持ったらしい。

「まだ離婚が成立していないのにかれんと関係を持ってしまったから、誰にも言えなくてね」

色男っぷりを顔に滲ませた浩太郎が、申し訳なさそうな表情になる。もしも当時このことがレイナに知られていたら、離婚がこじれただろうと浩太郎が言う。

「いや、父さん……まさかすぎて言葉にならない」

裕也が頭を抱えた。かれんは裕也とも浩太郎とも関係を持ったということになる。なんとも気まずい雰囲気になり、空気は重苦しくなった。

「僕、お茶を淹れ直してきます」

立ち上がった和真は、テーブルのカップを下げる。浩太郎の話があまりに意外だったので、和真自身も驚いている。

（かれんさんは、裕也さんが好きだったんじゃないの？　たった数カ月で浩太郎さんと関係を持つなんて、どういうことなんだろう）

恋愛に優柔不断で、いい加減な人だから、だから大翔を置いて行ってしまったのだろうか、と和真は勝手にそう判断した。すると急に腹立たしくなってくる。あんなにかわいらしい大翔を手放したのだ。

（でも、そうじゃなかったら僕は、裕也さんとこんな関係にならなかったんだよね）

今の自分の状況を考えて、腹立たしさが消えていく。都合のいい自分勝手な思いだ。

コーヒーを淹れ直し、再び浩太郎が話の続きを始めた。

かれんと関係を持って間もなく、彼女は体調不良でよく寝込むようになったという。それを浩太郎が看病することもあったのだが、一週間が過ぎてもあまり調子が戻らなかったため、仕事を辞めて療養すると決まったらしい。

「父さん、すごく重要なことを聞くんだけど、いいかな？」

「重要なこと？」

「かれんさんと寝たとき、ちゃんと避妊《ひにん》したよね？」

今までにないくらいに真剣な顔の裕也が、浩太郎を睨み付けるようにして聞いた。浩太郎も神妙な面持ちで考えている。まるでドラマのワンシーンのようだと、和真は思ったがじっと黙っていた。

「いや、していなかった……かもしれない」

その言葉で、そこにいる全員が驚いた。そうなってくると、同じくらいのタイミングで浩太郎と裕也はかれんと関係を持ったことになる。和真が大翔を見つめると、他の全員が大翔へ視線を止める。考えているのはみな同じだろう。

「大翔くんは、どちらの子供なんでしょうか……」

剣崎がぽつりと呟いた。こうなってはDNA鑑定しかなくなってくる。その前にかれんが見つかれば真相が全て分かるのだが、未だに彼女の消息は分かっていない。

「ところで裕也、お前はかれんとどこで会ったんだ?」

「ああ、俺は二年前のパーティで会った。俺は飲み過ぎて記憶がないんだ。目が覚めたら隣に彼女が眠っていた」

「ということは、彼女と寝たかどうかは……覚えていないと?」

剣崎が困惑した面持ちで聞いている。確か和真に打ち明けたときも、かれんと寝たことを覚えていないと言っていた。

「ゴミ箱の中には使用済みの避妊具はなかったし……俺は下着姿だった」

かれんが帰ってから裕也はゴミ箱の中を確認し、塵《ちり》ひとつ入っていなかったそれに肩を落としたのを覚えているらしい。

「え？　なにもない？　それもおかしいんじゃないですか？　裕也さん」

「どうして？　なにもないってことは……」

裕也が不安げな表情になった。剣崎の言うことの意味がいまいち分からないらしい。和真も同じだ。

「いくら裕也さんが寝ている間に事を済ませたといっても、後処理でティッシュくらいは使うでしょう？　それに事後に男性に下着を履かせる女性がいますか？」

もしかして無意識に下着を履く癖でもあるんですか？　と剣崎に問われ、裕也はグッと押し黙った。この話の流れではどうやらかれんと裕也は寝ていないかもしれない、とそんな可能性が浮上して、再び一同黙り込んだ。

「じゃあ、俺……かれんさんと寝てないってことかな」

「浩太郎さんのところを彼女がやめて、裕也さんと関係を持ったと言ったのが四ヶ月ほどあとだとして……。計算したら、大翔くんの年齢と微妙にずれてませんか？」

剣崎の鋭い指摘に裕也が目を見開いている。安易にかれんの言葉を信じて、大翔が自分の子供だと受け入れていたのに、まさかである。

「でもほら、手紙には嵩美ってあったから、俺宛だと……」

「私も嵩美だよ、裕也」

そうだよな、と裕也が右手で頭を抱える。すっかり気が動転して大翔を自分の子供と思い込んでいたということになる。

(裕也さんの子供じゃなくて、本当は浩太郎さんの子供? ってことは、裕也さんの弟⁉)

和真はまた新たな真実に驚いた。年の離れた腹違いの弟ができたということになる。

「そうか、この子は私の、子供なのか」

浩太郎が立ち上がって大翔に近づいた。穴あきボールで遊んでいる大翔を抱き上げて、マシュマロのような頬にキスをする。

「やり直しだな。初めまして、私が君のパパだよ」

さっきまでの重苦しい空気が一気に吹っ飛んだ。浩太郎のうれしそうな顔に、他のメンバーは無駄に疲労を感じているようだった。

(じゃあ、もう……シッターは必要ないんだ。僕は、もう……)

ここに自分がいる必要がなくなるのだと思うと、それはそれで寂しい。忙しい裕也のことだから、今は恋人と言ってくれていても、きっと離れたら自然に消滅してしまうかも、と和真は思った。

考えていた不安が現実になって迫ってくる。胸の奥が痛くて、こんな状況で一人泣きそうになっていた。

「なんだよ……。じゃあ俺は全く関係ないのか。でもなんで俺と寝た、なんてかれんさんは言ったんだろう」

「そうですね。私の想像でしかないのですが……」

剣崎が口を開く。恐らく、浩太郎との間に子供ができたと気付いたかれんは、離婚調停中の浩太郎に迷惑をかけたくないと思い家政婦をやめた。そこへ偶然、裕也の主催するパーティーに誘われ参加した。息子とならスキャンダルになっても問題はないし、結婚となって家族になれば、また浩太郎とも会えると考えたのではないか、と剣崎が指摘する。

「それって、偶然裕也さんのパーティーに行かなければ実行できない計画ですよね。そこまで上手くいくものなんでしょうか」

今まで黙っていた高木が口を開いた。偶然にしてはできすぎている、とそう思ったのだろう。

「それはかれんに聞くしかないよ。で、かれんはまだ見つからないの？」

浩太郎が剣崎の顔を窺う。なんとも気まずそうな表情を浮かべた剣崎が、ゆっくりと首を振った。

「興信所からそろそろ連絡があるはずなのですが、今のところ所在は掴めていません」

はぁ、と裕也が安堵のため息を吐いた。

そのとき、剣崎の携帯が空気を読まずに着信した。ちょっと失礼します、と剣崎が席を立つ。しかし玄関の方へ歩いて行く彼が、その足を止めた。

「なんですって、それは本当ですか……社長。はい、……はい。分かりました。ひとまず私はそちらの方の処理に向かいます。今、こちらにお二人がいらっしゃいますので、伝えておきます」

剣崎の反応に、通話相手が伯母だと分かったが、なにやら問題が起きたような反応だ。

手短に話し終えて戻ってきた剣崎は、裕也と浩太郎の顔を交互に見やった。

「今、社長から連絡がありました。事務所に週刊リアルから連絡があったそうです。来週の月曜日、スクープ記事が出ます」

「えっ」

和真が思わず声を上げた。一体なんのスクープなんだろう、とドキドキしてしまう。またどこかの女優とのスクープだったらと思うと胸が痛い。

剣崎がタブレットを取り出して、送られてきた写真を表示させてテーブルの上へ置く。

全員の視線がその画面に集中した。そこに表示されたのはよく知る人物だった。

「え……なんで、僕と大翔が、写ってるの？」

弱々しげな声は震えている。その写真は、裕也がオフのときに三人で動植物園に出かけたときの様子だった。裕也の腕に大翔が抱かれている。そしてその隣に細身の和真が寄り添い、ベビーカーを押しながら楽しげに笑っていた。どうみてもこの写真は家族で行楽《こうらく》にやってきたようにしか見えない。和真と大翔の目元は黒く塗りつぶされてあるが、見る人によってはそれが誰か分かってしまうだろう。

なによりも、写真を囲むように踊るテキストが和真にショックを与えた。

『嵩美裕也、同性の恋人と動物園デート！　そして隠し子発覚⁉　今までの熱愛スキャンダルは同性愛を隠すカモフラージュだったのか！　子供の母親は誰だ！』

今までスキャンダルがあった過去の女優やアイドルの写真が、また何枚か再掲載されている。母親はその中にいるのでは、という趣旨《しゅし》の文章が書かれてあった。

「この写真は、最近のものですね？」

固い声の剣崎が裕也を見つめて問うた。和真は震える手を握りしめて、唇を噛んでいる。

「ああ、数週間前のものだが、確かに三人で動植物園に行った。そのときに撮られたんだろう」

「そうですか……。盗聴器の件もありますし、同じ人物が写真を隠し撮りした可能性もありますね」

スキャンダルに関して、剣崎も裕也も他の関係者も慣れている様子だ。だが和真は違う。目を隠しているとはいえ、自分のプライベートな写真が雑誌に掲載されて、不特定多数の目に晒される怖さを感じていた。

(両親が見たら、分かるんじゃないかな。僕だって分かったら、みんなどう思うんだろう。僕が、裕也さんと恋人関係だってこと、知ったら……)

ぶるっと体が震えた。自分自身はゲイではないが、裕也との関係を知られれば恐らくマイノリティだという目で見られるのだろう。それをどう説明したらいいのか分からない。

「和真、大丈夫?」

裕也にやさしく声をかけられたが、真っ青な顔を彼に向けることしかできなかった。ここにいるメンバーは裕也と和真を除いて、二人が恋人である事実も知らないのだ。

「父さん、剣崎さんも高木さんも、俺と和真について聞いて欲しいことがある」

固い声で裕也が話し始めた。恐らく恋人関係を打ち明けるつもりなのだろう。和真はまだ心の準備なんてできていない。どうしたらいいのか分からなくて、唇を噛んで視線をさまよわせるしかできなかった。

立ち上がった裕也が和真の傍に寄り添って座り、肩を抱いて引き寄せてくる。大丈夫、と耳元で囁かれ、たったそれだけで不安な気持ちが消えて、なにもかも大丈夫のような気がしてしまう。

「なんだ？　二人が恋人同士だって言いたいのか？」

「え……」

真剣な面持ちで打ち明けようとしていた裕也が、不意を突かれて驚いた顔のまま固まった。隣に座る和真も同じ表情だ。そして二人顔を見合わせて、再び浩太郎に視線を止めた。

「いや、見ていたら分かるよ。私だって伊達《だて》に浮名を流していない。それに裕也がゲイなのは承知しているし、お前好みのシッターが住み込みとなれば、そうなるのは必然だろう」

なにを今さら、と言わんばかりの浩太郎の口調に、一番驚いたのは高木だった。

「ええええっ！　そ、そうなんですか！」

「おいおい、高木。コントみたいな驚き方をするんじゃないよ。剣崎を見なさい。顔色ひとつ変えていないだろう」

「す、すみません……。まさかお二人が恋人同士だったなんて知らなくて」

「高木は裕也がゲイだと知らなかったのか？」

「は、はぁ……浩太郎さんのことはよく知っているのですが、まさか裕也さんが……とは」

「まあ、そういうことだ。これからは承知の上で頼むよ」

なんだか裕也の口から打ち明けなくても、周知の事実となったようだ。まさか剣崎が知っていたとは驚きだったが、彼の洞察力からするとなんとなく頷ける。

「あれ……俺の口から言わなくても、いいのかな？」

照れ笑いを浮かべる裕也を見た渋い顔の浩太郎に、脂下《やにさ》がるんじゃないよ、と叱られていた。しかし和真に向けた笑みは、安堵にも似たやさしいものだった。

「裕也さんと和真くんの恋人関係は分かりました。ですが、このスキャンダルは今までの熱愛とはわけが違います。沈黙を守って放っておいたら、憶測が勝手に一人歩きするでしょうね。今は写真一枚で人を探し当てるような特定班などもいますから」

剣崎の言葉にドキッとする。もちろんこの場合のターゲットは和真だ。

「どう、しよう……。僕、ネットに顔が出たり、するのかな……」

ソファに座ったまま体を丸め、和真は両手で顔を覆った。最悪のことしか想像できない。

「そうならないように、今から事務所に戻ってそのあと週刊リアルの出版社へ行ってきます。大丈夫ですよ、和真くん、任せてください」

剣崎がテーブルに並んでいた手紙やタブレットを手早く鞄にしまった。足早にリビングを出て行き、大人四人が残される。

「まさかここに来て写真が出るとは思わなかったな」

浩太郎がさすがに頭を抱え、なにかを考えている。月曜日まであと二日しかない。二日で写真が出るのを止めることはできるのだろうか。裕也が父親でなかったという事実より、今はそれが気がかりでならない。

「和真、剣崎さんに任せておけば大丈夫だ。社長だって動いてくれると思う」

「うん……。でも不安だよ」

泣きそうな顔の和真を、裕也が抱き寄せてくれる。目の前に浩太郎と高木がいるのは分かっているが、今はこの不安を裕也に包んで欲しかった。

「少し考えがあるのだが、いいかな？」

真剣な顔でそう言ったのは浩太郎だ。涙目の和真と怪訝な表情の裕也、そして不安げな高木が浩太郎に注目する。すると彼はそれぞれの目を、なにか確認するように見たあとフッと口元に笑みを浮かべた。

「私が記者会見をする」

予想外の発言だった。浩太郎がそう言っても、その場にはまだ沈黙が落ちている。浩太郎の言っている意味が飲み込めないのだ。

（記者会見？　なんの？　なんで？）

和真の頭の上にはいくつもはてなマークが飛んでいる。その様子を察した浩太郎が、ソファの背もたれに体を預け、そう驚かなくていいよ、と笑い飛ばした。

「あの、浩太郎さん、記者会見って、なにを会見するんですか？」

「なにって決まってるじゃないか。大翔という息子ができたってことだよ。そうしたらあの写真の意味はなくなるだろう？」

「ええ！　いや、それはちょっと……社長に相談してみないと……」

高木の顔色がサッと青くなる。裕也も和真も驚きのあまりなにも言えなかった。

「それでもいいけど、そう時間もないだろう？　それが一番の策じゃないかな。レイナとも離婚は成立しているし、私が会見をすると申し出れば、週刊リアルも納得すると思うよ」

「それは、そう、ですけど……」

困り顔の高木の背中をポンポンと浩太郎が叩いている。彼の顔は会見をすることを変えない、と決意したようにも見えた。

「父さん、本当にそれでいいのか？」

「それでいいもなにも、別に嘘をつくわけじゃないだろう？」

「でも、まだ一〇〇％父さんの息子だって分かったわけじゃないだろ？」

「まぁ、もしも私の息子じゃなかったとしても、そう会見をした方が裕也や和真くんのためなんじゃないかなと思う。三人の息子たちを守るのは親の役目だからね」

三人息子たちという言葉の中に、自分が入っているのだと気付いた和真はギュッと唇を噛み締めた。そうでもしなければ泣いてしまいそうだった。

「分かった。じゃあ、社長と相談して決めて。大翔はもうしばらくここで預かるよ」

「そうしてくれるとありがたい。私もかれんの行く先を私なりに探してみる。それと和真くん」

不意に自分の名前を呼ばれ、涙を瞳に溜めていた和真は顔を上げる。

「裕也と大翔を頼むよ」

やさしい笑顔だった。ありがとうございます、とそう言わなくてはいけないのは和真の方なのに、涙を誘うようなそんな声音に頷くしかできない。手を出して握手を求められた和真は、立ち上がって浩太郎の手を握った。

「じゃあ、私は高木と一緒に事務所へ戻るよ。会見の準備なんかもあるからね」

「分かったよ、父さん。ありがとう」

「ありがとうはこっちの台詞だな。大翔を二人で面倒を見てくれていたんだし」

和真が抱っこして、裕也と共に浩太郎を玄関先まで見送る。大翔にデレデレの笑顔を見せた浩太郎が、名残惜しそうに高木と一緒に帰って行った。そうして三人になったリビングでぼんやりと座っている。

「和真、大丈夫？」

「いや、あまりの急展開だったから、気持ち的に大丈夫かなって思った」

膝の上の大翔を裕也が抱き上げた。そろそろ眠いか？　と声をかけながら、抱っこをして大翔の頭を肩に置く。

「え？」

「……うん。大丈夫、とは言いがたいかな。さすがにいろいろありすぎて気持ちも頭もついていってない。でもやっぱり大翔が幸せになって欲しいっていうのが今の気持ちかな」

「俺は大翔も和真にも幸せになって欲しいと思うし、幸せにしたい」

やわらかな視線を裕也が送ってくる。それを見上げて、ありがとう、と和真は笑う。

自然に顔が近づいて、互いの唇が触れ合った。裕也が近くにあった大翔の手を掴み、その小さな指先にキスをする。和真も同じようにキスをして微笑み合った。

◇　◇　◇

マンションで話し合いをしてから二日が経っていた。和真はリビングのテレビ前で会見が始まるのを待っている。この緊急会見の情報は週刊リアルがスクープとして記事を掲載し、予定していた和真と大翔の写真は違うものに差し替えられた。

「この記事、本当にすごいな」

リビングテーブルの上には週刊リアルが置いてある。ページの中程にピンクの付箋《ふせん》が付いていて、和真はそのページを開いた。

『嵩美浩太郎に隠し子⁉　夢野レイナとの離婚調停中に浮気⁉　相手は一般女性！　明日、親子で緊急会見！』

この記事を載せた週刊リアルは、記者会見の前日に雑誌を発売した。売れ行きは相当よかっただろう。浩太郎が自宅から出てくるところを撮影した写真が掲載されていて、その周りにスクープの文字が踊っている。

和真は開いた雑誌を見ていたが、もうすぐ始まるであろう会見会場を映しているテレビに視線を移した。

画面の中では、たくさんの記者たちが会見の開始を今か今かと待っている。ざわつく会場にはベージュのテーブルクロスがかけられた机が置かれてあり、その前には何本もマイクが並んでいる。会場の緊張がこちらにまで伝わってくるようだった。

「ああ、僕まで緊張してきた」

膝の上に大翔を座らせた和真は、もうすぐ始まる記者会見をそわそわしながら待っていた。

「あぅ〜、んま〜ま」

「うん、今から大翔のパパと裕也さんが会見するんだよ」

なにか話しかけてくる大翔にそう説明した。手にした歯固めを口に入れながら、大きな瞳がテレビ画面を見つめている。

会見用テーブルの脇に伯母の万里が姿を見せた。会場を仕切るために来たらしい。場の緊張が高まると、一斉にカメラのシャッターが切られた。

浩太郎と裕也が入ってきたようだ。画面に二人の姿が映る。二人とも同じ色の黒っぽいジャケットを身につけていた。二人の顔は緊張に引き締まっているように見える。着席するまでの間、ずっとシャッター音が鳴り止まない。

「お待たせいたしました。それでは週刊リアルに掲載されました、嵩美浩太郎に関する記事についての記者会見を行います。まずは嵩美浩太郎、続いて嵩美裕也から説明のあと、皆様の質問を受け付ける流れとさせていただきます」

伯母が前置きをしたあと、二人にバトンが渡された。浩太郎が挨拶をしてゆっくり話し始めた。どこまで掘り下げて話すのだろうと和真はドキドキしてしまう。

浩太郎は離婚調停中に他の女性と関係を持ち、預かり知らないうちに子供ができてしまったことなどの経緯を話した。浩太郎は終始真剣な面持ちで、言葉を選び噛み締めるようにして喋っている。なによりもかれんに対しての申し訳ない気持ちと、今は離婚をしているが元妻のレイナへの謝罪を切々と語った。そしてバトンは裕也に変わる。和真の緊張は最高潮になった。

『今、父からも説明がありました通り、私に歳の離れた弟がいることが分かりました』

裕也が話し始めると、浩太郎のときよりも激しいシャッターが切られた。テレビ画面が激しく明滅《めいめつ》するので、大翔にはあまりよくないと思いキッズエリアに移動させた。

裕也は大翔がどういう経緯で自分の元へ来たのかを話し始める。あの頃は手紙の内容から、大翔が自分の息子だと思っていたと打ち明けた。会場がざわつき、記者たちは今にも質問したい勢いで写真を撮っている。

『母は違いますが、私は弟ができたことをうれしく思います。これからは積極的に父や弟と関わって行くつもりです。――愛すべき家族ですから』

言葉を区切った裕也に向かって再び激しいシャッター音とカメラのフラッシュが光った。

二人の説明が終わると、記者からの質問が始まる。

浩太郎が離婚調停中に他の女性と関係を持った事柄に集中した。一般女性なので名前もどこで知り合ったのかや、年齢までも浩太郎は伏せた。そうすると、下世話な記者が唐突に裕也へ質問を投げる。

『置き手紙の内容から、自身の息子かもしれないと思われたということですが、その女性と関係していたと解釈してよろしいですか？』

『それを説明するには、彼女のプライベートな部分をお話しなくてはいけないので、お答えできません』

きっぱりと言い切った裕也に、容赦ない質問が飛び交った。和真は自分のシャツをぎゅっと握り締め息を詰めて凝視している。裕也も浩太郎も、厳しい質問に全て答えていく。

そして最後に記者が問うた。

『裕也さんにとって、家族とはどういうものですか？』

カメラが裕也を抜いてアップになる。彼は記者の方へ視線を向け口を開いた。

『私にとって家族とは——愛すべき存在です。例え血縁関係がなくても、同性でも異性でも大人でも子供でも、家族として迎え入れ愛すればそれは、もう家族だと考えます』

最後に裕也がカメラを見つめてそう言い切る。まるで和真に向かって言っているように見えた。いや、恐らく和真に伝えたかった言葉なのだ。

「裕也、さん……」

胸が震えた。

裕也の言葉が心に染みて喉の奥がきゅっと苦しくなる。込み上げる気持ちが抑えられなかった。和真はシャツを握りしめたままボロボロと涙をあふれさせる。こんなに真っ直ぐな愛を受け取ったのは初めてだ。

「うっ……ふ、ぅっ……、裕也さん……」

頬を伝う涙が止まらなくて、和真は何度も手で拭った。それでも止められなくて、ティッシュの箱を引き寄せ、まるで女の子のように泣きまくった。

「まんまっ、あ～、う～、ま～まっ」

大翔がまたなにかを話している。和真が泣いているのに気付いたのだろうか。偶然なのかは分からないが、こちらに向かってママ、と言ったように聞こえてそれがまた涙を誘った。

「大翔～、大翔……大好き、大好きだよ」

キッズエリアに入った和真は、大翔をしっかりと胸に抱きしめる。

愛すべき存在――家族でいいと、家族だと……言ってもらえた。

それがなによりもうれしい。今すぐにこの気持ちを裕也に伝えたい、そのことばかりでいっぱいになっていた。

会見が終わってから一時間が過ぎた。和真は泣きすぎて腫れた目を水で冷やしていると、玄関先で音が聞こえる。慌ててタオルで顔を拭いた和真は、駆け足で玄関まで迎えに出た。

「お、おかえり、なさい」

「ただいま」

疲れたような顔をしている裕也だったが、どこか安堵しているふうにも見えた。顔を見た瞬間、込み上げるものでまた泣きそうになる。

「泣いたのか？」

和真の様子がいつもと違うと気付いて足早に傍までやってくる。裕也の両手が和真の頬を包んだ。お互いに見つめ合い、そっと唇を触れ合わせる。安心できる裕也の胸に抱きすくめられ、微かに震える掠れた声で、ただいま、と噛み締めるように言われた。和真の顔がくしゃりと歪み、押さえていた涙がまた頬を伝った。

玄関先で再び泣いてしまった和真を、裕也がまるで子供をあやすように泣き止ませ、二人でリビングにやってくる。

「ただいま～大翔。なにして遊んでるんだ？　おお～これか。お気に入りだなぁ」

「あ～うっ、んっ、あんまっ！」

裕也の顔を見て大翔が笑う。帰ってきたことがうれしいのか、低反発ブロックの端を持

って立ち上がった。裕也が抱きあげると、なんだか満足げな顔をしている。

「大翔、よかったね。抱っこ好きだもんね」

和真は大翔の小さな手を取って自分の頰に当てる。そして裕也を見上げて微笑んだ。

「会見、見てたよな」

「……うん。裕也さんの言葉は、全部……ここにあるよ」

左手で自分の胸を撫でる。裕也の言葉は全て胸の中に染みて、刻まれて、もう消えない。

「そうか。あの言葉は嘘じゃないよ。もう一回ちゃんと言う」

胸を押さえている和真の左手を裕也が取った。そのままスッと持ち上げられて、薬指にキスをされる。あまりにキザな裕也の行動に頰が熱くなった。

「俺と大翔と、家族になって欲しい。俺に一生、和真を愛させて欲しい」

やさしく微笑んだ裕也の瞳が答えを待っている。和真はぎゅっと唇を嚙み締めた。口を開けばまた泣き出してしまいそうだ。みるみるうちに瞳に涙が溜まっていく。

「泣かせた？」

「……ううん。僕、家族に入れてもらえるんだって、そう思ったら……本当に、う、うれしくて」

「それで、返事は？」

自ら裕也の胸に頭を預けた。

「僕にも、たくさん愛させて欲しい。家族になりたい——ありがとう……」

裕也の腕が抱きしめてくれる。

彼の両手にはやさしく澄んだ二つの愛があった。

それは和真も同じだ。両腕で裕也と大翔を抱きしめる。

満ち足りた気持ちだった。二人が同じならいいのに、と和真は顔を上げる。すると大翔の小さな手が右は和真の頭に、左手は裕也の頬に当てられた。そしてポンポンと叩くように撫でてきた。

「おっ」

「あっ」

「うっ」

三人同時に驚きの声を上げる。大翔のそれは偶然だろうが、なんだか妙にシンクロしてしまいおかしくなった。声を上げて笑うと、大翔も釣られて声を発する。

穏やかでやさしく、愛しい時間だと思った。

◇　◇　◇

夏の青い空に入道雲が現れるようになった頃、裕也の新しいドラマの放送が始まった。『Not Believe《ノット　ビリーブ》』という月9ドラマだ。人を信じられなくなった元刑事が、国家の陰謀《いんぼう》に立ち向かうというサスペンスドラマである。まだクランクアップしていない裕也は連日撮影に追われていて、マンションに帰って来ない日も多い。

伯母の芸能事務所で仕事を始めた和真は、今も変わらず彼の自宅で帰りを待つ。マンションには大翔や浩太郎も出入りするようになり、賑やかさは以前よりも増した。

少し前、大翔は一歳の誕生日を迎えた。よろよろしながらも一人で歩くようになり、小さな天使の成長ぶりをみんなで喜んでいる。

そして会見から数日後、かれんの行方が判明した。彼女は少し前に余命を告げられており、ホスピスに入っているらしい。まさかそんなに重い病気だと思っていなかった一同は、かなり驚愕した。

そして置き手紙の理由も納得できたし、彼女の証言で裕也と体の関係はなかったことが証明された。

かれんの病状を聞いて、和真はずっと複雑な気持ちだった。命の終わりが決まっているのなら、なおさら大翔との時間が大切ではないだろうか、と思ったのだ。それなのに事務所の前に置き去りにした。そんなかれんの気持ちを、和真は当初理解できなかった。

（まさかそんなに重篤《じゅうとく》な状態だとは思わなかったな。大翔は――かれんさんの顔を覚えていられないだろうな……）

そう考えて、ふとかれんの気持ちに寄り添ってみた。自身がホスピスに入って大翔の世話ができなくなれば、高確率で子供は施設へ預けられるだろう。もしかしたらかれんはそれが嫌だったのではないだろうかと。迷惑をかけるのも承知の上で、本当の父親の元で育って欲しいとそう願った末の行動だったとしたら……。

（命が尽きるまで息子と一緒にいることより、大翔の未来を願った……？）

そんな考えに思い至って、和真は鼻の奥がツンと痛くなる。自分のことなどきっと二の次で、全ては大翔を思ってのことだったのかもしれない。やり方はまずかったけれど、それでも母親の愛情の深さに、和真は脱帽した。

現在のかれんは、ホスピスでの緩和《かんわ》ケアを自宅でもできるようにと浩太郎が配慮《はいりょ》したのもあり、生活拠点を鎌倉に移している。すぐに会いに行きたかったが、かれんの体調が安定するのを待ち、今日ようやくかれんと会えることになった。

彼女の病状が安定しているうちは、大翔が鎌倉と裕也のマンションを行き来することになった。基本的に大翔の面倒を見るのは、今もこれからも裕也と和真だ。もちろん家族に浩太郎も含まれる。だが彼一人では大翔の面倒を見るのは難しいからと、話し合いの末に決着した。

「あ～緊張してきた」

和真は裕也の運転する車の後部座席に座り、胸を撫でながら呟いた。隣にはチャイルドシートに大翔が座っている。両手でしっかりとマグを持ち、ストローで器用にりんごジュースを飲んでご機嫌だ。

「俺も緊張してる。会うのは数年ぶりだしな」

「そっか。裕也さんは面識あるんだよね」

「とはいえ……微妙に気まずいけどな」

バックミラー越しに裕也が苦笑いを見せた。きっと和真とは違う緊張なのだろう。

車は山道を少し走ったあと、広い国道に出た。木々の切れ間から見えたのは海だ。この時期の由比ヶ浜《ゆいがはま》付近は混むだろう。だが気分転換に海沿いを走ろうと言ってくれたのは裕也だ。確かに海が見えるだけで妙にテンションが上がってしまう。

浩太郎の家は由比ヶ浜から徒歩圏内にあり、いい場所に住んでいるなぁと思った。由比ヶ浜に近すぎると夏の時期は少々騒がしいし、かといって離れすぎたら海を楽しめない。

「うわ～海、人がいっぱいだね」

「ああ、車も増えてきた。でもまぁ早めに出たから時間には間に合うよ」

裕也の言う通り渋滞に遭ったが、なんとか国道から脇道に入れた。これで約束の時間には間に合いそうだ。

坂道を上った先に大きな一軒家が見えてきた。レンガ造りの囲い壁はクリームイエローで、真っ白な壁の家はなんだかメルヘンチックだった。

「よし、着いた。うわ、ガレージ……六台も止められるスペースがある。父さん車が好きだからなぁ」

そう言いながら空いたスペースに裕也が車を入れた。和真も下りる準備を始める。

「大翔～ママに会えるよ。よかったね」

「あんま～、ん、まっ」

「そうそう。ママ、だよ～」

チャイルドシートのハーネスを外した。大翔を腕に抱えると、背後でガチャリと音がする。裕也が扉を開けてくれたようだ。

「大翔をこっちに」

「あ、うん。ありがとう」

両手を差し出されたので、頼れる裕也の手に大翔を渡す。和真は荷物を持って車を降りた。いよいよかれんと顔を合わせるかと思うと緊張は大きくなる。よし、と自分に気合いを入れて裕也のあとを着いて歩いた。

ガレージから正面玄関に周り、呼び鈴を鳴らす。しばらくすると浩太郎が姿を見せた。

「やあ、いらっしゃい。渋滞に巻き込まれなかった？」

「あ～あの道、渋滞すごいよな。なんとか抜け出せた。それにしても父さん、なんだよ、あのガレージ」

「なんだって、なんだ？」

「車、またコレクションする気？」

趣味だからね、と親子でそんな会話をしている浩太郎に中へ招かれた。玄関を入ってすぐ目の前に四畳ほどの和室がある。壁に囲まれていない畳エリアで、向こう側にある中庭の木が見えた。左側には広いリビングがある。

部屋の雰囲気はナチュラルで、センスのある北欧系の家具でまとめられていた。なによりも感じたのは、どこもかしこも明るいことだった。

「あそこ、大翔のスペースだよ。気に入ってもらえるといいけど」

リビングの先にキッズスペースが設けられていた。ちゃんとやわらかなマットが敷いてあり囲いもある。壁にはたくさんの海の生き物のシールが貼ってあり、なんでも口に入れる大翔のことを考えて、口に入りそうな小さなおもちゃはない。大翔の好きな動物のぬいぐるみもいっぱいだ。さらに驚いたのはその広さだ。マンションのキッズスペースよりうんと広い。

「すごい……こんな広いキッズスペース、初めて見た」

呆気に取られながら和真はそのスペースに入る。裕也も大翔を抱っこしたまま着いてきた。ゆっくりと大翔を下ろすと、猛スピードでハイハイをしておもちゃにまっしぐらだ。色んな目新しいおもちゃに興奮気味である。

「気に入ってもらえてうれしいよ、大翔」

囲いの向こう側で浩太郎が目尻を下げてニコニコしている。これを考えたのは彼だろうとすぐに察しは付いた。浩太郎の溺愛ぶりは裕也に負けていない。

「こんなにすごいと、マンションのキッズスペースには帰りたくないって言われそうで困るよ、父さん」

大翔は浩太郎に任せて、その間に裕也と二人でかれんと話をすることにする。和室を横切って突き当たりの部屋の扉を裕也がノックした。

「どうぞ」

部屋の中から女性の声が聞こえる。ゆっくりとした所作で裕也が扉を開けて中へ入った。深呼吸をした和真もそれに倣う。

部屋は明るく、オフホワイトの壁に高い天井は開放的だ。ソファもテーブルもベッドも北欧系の家具でシンプルまとめられてある。そのベッドの上で体を起こして座っているのは、顔色は少し優れないが美しい女性だった。薄ピンクのカーディガンを肩に羽織り、細く白い手を毛布の上で重ねている。

「お久しぶりね、裕也さん」

「かれんさん、久しぶり。調子はどう?」

会っていない期間は数年あるが、お互いに懐かしむような目をしている。それが少し和真の胸を焦がした。

「こ、こんにちは。僕、長尾和真です」

裕也の後ろから姿を見せて丁寧に頭を下げた。彼女はひとつにまとめた艶やかな三つ編みを、胸の前に垂らしている。おそらくウィッグだろう。

「あなたが和真くんね。大翔の面倒を見てくれて本当にありがとう。それからいろいろごめんなさい。裕也さんも、迷惑をかけてごめんね」

ベッドの脇の椅子に座ってと促されて、裕也と二人で着席した。病のせいでやつれていたが、想像していたよりも美しいかれんは、まさに野原に咲く一輪のかれんな花のようだった。

本当は顔を見たら嫌みのひとつでも言ってやろうと思っていた。あんなにかわいい大翔を置き去りにしたのだから。しかし彼女の顔を見たら、そんな気持ちも消えてしまった。かれんの命は今にも儚く散りそうだと思ったからだ。

「こんな姿を見られて恥ずかしいわ。でも会えてよかった。そうそう裕也さんのドラマも見ているのよ」

緊張していた和真だったが、かれんの人柄のおかげでリラックスしている。しばらく世間話をしていると、浩太郎が大翔を抱いて部屋に入ってきた。

「どう？　話は弾んでる？　大翔が仲間はずれは嫌なんだってさ」

「あらあら、大翔。そうなの？」

大翔を見るかれんの目は母親そのもので、どれほど大切に思っているかを物語っている。

（かれんさん、とてもやさしい目をしてる。自分のお腹を痛めて産んだ子供だもんね。愛しくないわけがない）

浩太郎が大翔をかれんに預ける。しかし細い彼女の腕では大翔の体重も上手く支えきれないようだ。和真は思わず立ち上がってかれんを助ける。

「ありがとう」

「い、いえ」

微笑みかけられて妙に照れくさい。病《やまい》に冒《おか》されているとはいえ彼女は美人で、裕也と和真が来るからと、恐らく女性の身だしなみを整えたのだろう。ウィッグだけではなく付け睫毛やアイブロウで眉を整え、唇にはルージュを引いている。

和真はかれんの膝の上に大翔を座らせた。和真が補助をしていた手を引こうとすると、彼女の右手がそっと手首を掴んだ。

「私には、こんなに小さな大翔の体さえ支えることがもうできないわ。これからは、浩太郎さんと裕也さんと一緒に、この子の未来をどうか、よろしくお願いします」

大きな瞳に涙が浮かんでいるのが見えた。彼女は大翔の成長した姿を見ることはできない。かれんの切なる願いを聞き、和真ももらい泣きしそうになった。

「大翔にはお兄ちゃんが二人もいていいわね。仲良くするのよ」

大翔は手に持った木製の汽車のおもちゃを口に入れていた。いいの持ってるねぇ、とかれんが声をかける。微笑ましい親子のやりとりを見ていると、かれんがふとこちらに顔を向けた。

「ごめんなさい。少し横になるわ。大翔をお願いしていいかしら」

「あ、はい」

かれんの言葉に和真は大翔を抱き上げる。部屋に入ってきたときも感じていたが、少し前からかれんの顔色があまりよくないようだった。

「かれんさん、俺たちは外に出ているよ」

裕也がそう言って和真の背中を促す。お大事にしてください、と挨拶をして部屋の外に出た。浩太郎が残ってかれんの看病をするらしい。

「少し海に行く？　今の時間だったら由比ヶ浜の綺麗な夕日が見られるかも」

裕也に誘われて、すぐそこの浜辺まで行くことになった。大翔を裕也が腕に乗せ、その隣を和真が歩く。

夏の海風が首元を撫でていった。潮の香りも運んでくるその風は、昼間とは違う少し湿り気を帯びていて気持ちがいい。

夕方の浩太郎の家を出て細い道を下っていくとすぐ海が見える。こんなに近くに海があるところに家があったのかと驚いた。車で来たときは反対側から入ったので、裏口から出た和真は気付かなかった。

「海、こんなに近かったんだね」

「ああ、裏から出るとすぐそこだ」

国道を渡ってすぐ砂浜が広がっている。夕焼けに染められた海はオレンジ色に照らされてキラキラしていた。空の青と混じり紫から赤のグラデーションが美しい。このくらいまで陽が落ちたら、簡単には裕也と気付かれないだろう。

三人でほんのひとときの美しい由比ヶ浜を歩く。辺りには同じように夕日を見に来たカップルや犬を連れている人などの姿があった。

「僕たちだけ、出てきてよかったのかな」

「大丈夫だよ。かれんさんだって苦しんでいる姿を大翔にも俺らにだって見られたくないさ」

「でも、家族……なのに?」

「家族だけど、家族の前に女性だからな」

やさしい声でそう言われ、そっか、と和真は答える。

三人でゆっくりした足取りで浜辺を進んだ。サンダルの隙間から細かい砂が入り込んで足の裏をくすぐる。波の音が日中の暑さを連れ去って行くようだった。

彼の視線は砂浜のずっと先の方を見ている。海風に揺れる裕也の髪が夕焼けに染まり、幻想的に美しい。そんな彼をうっとり見上げ、和真はそっと右手の指を彼の左指に絡ませた。きゅっと握り返されて、胸がじんわり熱くなる。

いつまでもこの美しい景色の中を歩いていたかった。辺りが深い紫色に染まり始め、空が燃えるような赤に変わる。ふと同時に立ち止まり、互いに黙ったままさざ波の音を聞きながら海を眺める。

「この景色もかれんさんに見せてあげたいね」

「そうだな。スマホで写真を撮るか？」

「あ、いいね」

和真はポケットからスマホを取り出した。少し下がってスマホを海に向けて、裕也と大翔もフレームに入れる。逆光になり、二人のシルエットが印象的に浮かび上がった。何枚か写真を撮り、あまりに美しいそれに自分で見惚れてしまう。

彼女が景色を見られないなら、三人で様々な場所へ行き写真を撮って見せればいいと和真は思う。

「少し風が冷たくなってきた。そろそろ帰ろうか」

「あ、うん」

差し伸べられる手を取って指を絡ませて繋ぐ。

もうためらうことはなかった。
裕也と親しくなって、消極的で自信のない和真はあまり顔を出さなくなっている。
こうして手を差し伸べられても、躊躇《ちゅうちょ》せずにその手を取ることができた。
裕也の隣にいるのが恥ずかしくないような自分でいたいと、和真は思っていた。

END

あとがき

こんにちは。セシル文庫では二度目の刊行となりました！　柚槙《ゆまき》ゆみです。「人気俳優と秘密のベイビー　～シッターは花嫁修業!?～」を読んでくださりありがとうございました。

前回もそうだったのですが、作中で出てくる赤ちゃん用のアイテムをネットで検索していますと、かわいいのでついついポチってしまいそうになります。まさに今回もそうでした。ロンパースかわいい～着ぐるみの赤ちゃんかわいい～、欲しい……となり、ポチる寸前まで行くのですが、自分に赤ちゃんがいないと我に返る、みたいなことを繰り返しました（笑）。赤ちゃんに萌える気持ちを発散するために文章に書く、というそんな原動力になっていました。

俳優と恋愛系のお話を書くのは初めてだったのですが、今回、非常に楽しく書くことができました。恋愛面ではライバルが出て来ないのと、和真《かずま》が元から裕也《ゆうや》のファンということで、気持ちの近づき方は早かったかな、と思います。とはいえ、売れっ子俳優の裕也なので、なかなか和真との時間が取れなくて、少々やきもきした感じですね。
やはり赤ちゃんを書くのは楽しくて、少し前までの私には考えられないことだったのですが、なんだかすっかりハマっています（笑）。

余談ですが、今年は夏のあまりに酷い暑さから、引きこもることに決めました（笑）。とはいえ……それでは運動不足になります。でも筋トレは続かない……この負《ふ》のスパイラルで夏は体重増加（笑）。そして季節がよくなり秋冬～春先は動きやすくて体重が減ります。その増減を繰り返しているので、決して痩せないのです。今年もそうなるかな……と思ったのですけど、筋トレのすごさを知ったので、ちょっと頑張ってみようかなと思います。なにをするにも健康第一ですし、筋肉増加がもたらす効果はすごいらしいので。やる気スイッチも入りやすいなんて聞きました。なんとか頑張って筋肉をゲットしたいですね。

さて、セシルさんで出していただいた前の本のときもそうだったのですが、今回も同様に楽しんでもらえたのだろうか、とやはり心配になっています。書き終わっても修正が終わっても、まだ直せるんじゃないか、もっと適切な言い回しがあるのでは、と考えてしまいますね。

心配性といえばそうなのですが、結構いつまでもそんな感じです(笑)。もしもほんの少しでもいいなぁと思う部分がありましたら、感想など頂けましたらうれしいです。それだけがやる気の源《みなもと》ですし、モチベーションの要《かなめ》なのです。

今回の表紙は鈴倉温《すずくらはる》先生に表紙イラストと挿絵を担当していただきました。ふんわりとしたやさしいイラストを描かれる先生で、以前から素敵だなと思っておりました。和真も裕也も大翔も私のイメージを通り越してとっても素敵でした。担当していただき、ありがとうございました！

そして二冊目の執筆をさせてくださった担当様、ありがとうございました。前回は結構な勢いでご迷惑をおかけしましたが、今回はなにごともなく進行していればいいなと思います。(あとがきを書いている時点ではまだ問題はありません(笑))。

それから最後に、この本を手に取ってここまで読んでくださった読者の方々に心より感謝いたします。本当にありがとうございました。またセシル文庫さんでお会いできればうれしいなと思います。

真夏の空の下で　柚槙ゆみ

セシル文庫をお買い上げいただき、ありがとうございます。
この本を読んでのご意見・ご感想・ファンレターをお待ちしております。

☆あて先☆
〒154-0002　東京都世田谷区下馬6-15-4
　コスミック出版　セシル編集部
「柚槙ゆみ先生」「鈴倉 温先生」または「感想」「お問い合わせ」係
→EメールでもOK ! cecil@cosmicpub.jp

セシル文庫

人気俳優《にんきはいゆう》と秘密《ひみつ》のベイビー ～シッターは花嫁修行!? ～

【著 者】　柚槙《ゆまき》ゆみ
【発 行 人】　杉原葉子
【発 行】　株式会社コスミック出版
〒154-0002　東京都世田谷区下馬 6-15-4
【お問い合わせ】　- 営業部 -　TEL 03(5432)7084　FAX 03(5432)7088
- 編集部 -　TEL 03(5432)7086　FAX 03(5432)7090
【ホームページ】　http://www.cosmicpub.com/
【振替口座】　00110-8-611382
【印刷／製本】　中央精版印刷株式会社

乱丁・落丁本は、小社へ直接お送り下さい。郵送料小社負担にてお取り替え致します。
定価はカバーに表示してあります。